教場

きょうじょう

長岡弘樹

劉子倩——譯

第一話　路檢　七
第二話　牢間　四八
第三話　蟻穴　九五
第四話　調度　一三八
第五話　異物　一七三
第六話　背水　二〇九
尾聲　二四九
結構殊異的警察小說，鋼鐵紀律下的日常與非日常　文／余小芳　二五四

冬陽（推理評論人）
余小芳（暨南大學推理同好會顧問）
杜鵑窩人（台灣推理作家協會前會長）
陳國偉（中興大學台灣文學與跨國文化所副教授）
一致推薦

《教場》是一部極為奇特的推理小說。它的奇特不在於石破天驚的創新，而是多種令讀者熟悉、在書寫上發展成熟的元素匯聚在一塊的結果，卻呈現出令人驚豔的精巧感。

全書由六個短篇故事組合而成，以沉默寡言的白髮教官風間擔任事件解決者，其他人物則在各個故事裡擔任主角或旁襯，並顯現其變化。舞台為警察學校，可視為校園或職場小說的變形，由這些「準警察」與「警察老師」扮演推理小說中的偵探、目擊者、加害者、被害者等角色，強烈的神祕感與衝突性頗有延續橫山秀夫警務小說路線的企圖，以及柳廣司「D機關」間諜情報小說的風格。謎團的設計融入警校生活之中，可與日本近年風行的「日常之謎」相呼應；細膩自然的線索鋪陳、不經意展現的公平性與意外性，則讓喜愛本格解謎的讀者眼睛一亮。

最令我喜愛的一點是，這六個短篇小說猶如築起一道步步向上的階梯，讓讀者跟隨故事角色，將看似理所當然、實則抽象難以言喻的「警察」身分與精神，做了有趣又深刻的詮釋。誰能夠從這間警校畢業？被刷掉的那些人只是因為能力不足而已嗎？且從這些發生在警校「教場」裡的故事，好好一窺究竟吧！

——推理評論人冬陽

我閱讀推理小說不計其數，長岡弘樹的《教場》所利用的背景卻是最讓我出乎意料之外的一部推理小說，因為這位作者是以警察學校受訓的警校生和老師為主角的作品。我在閱讀的時候想到的畫面不是梁朝偉的《新紮師兄》，反而是李察吉爾的成名代表作《軍官與紳士》！警校老師與學生之間的鬥智、鬥法乃至鬥心理的場面真的讓人耳目一新，應該是以前沒有過的閱讀經驗。而本書雖然推理味道並不濃烈，但是究竟被教官淘汰的學員是誰？而教官所選擇的標準為何？反而是以考驗讀者判斷力為重心，這真可謂是另類的解謎樂趣，完全是一種前所未有的閱讀體驗。如果看膩了警察小說或刑警劇集的勾心鬥角，那就來看看這些故事的源頭，應該會有不一樣的感受！

——台灣推理作家協會前會長杜鵑窩人

第一話　路檢

1

好想摸。

宮坂定決定再也不忍了。他把原子筆放在筆記本上，空出來的手悄悄伸向太陽穴一帶。

果然舒服。剛剃成五分頭的頭髮手感絕佳。昨晚，本以為在宿舍房間已盡情享受過這種觸感了，結果還是沒摸夠。

「聽好，這裡是重點。一定要好好記下來。」

響徹教場[1]的這個聲音，令宮坂無奈地把手離開頭髮。他重新抓起原子筆，目光回到前方。

站在黑板前的教官植松，瞪著手上的點名簿繼續說：

「下一個，第三組。是誰？平田嗎？快過來！」

「是！」

1 教場即學校的教室。

平田和道自左側座位傳來的答覆，因緊張而有點尖銳分岔。
植松背對走上講台的平田。
「開始吧。」
「呃，您好。」平田一邊接近植松一邊取出警察證件。「可以打擾一下嗎？」
「噢。」植松轉頭看平田。「有什麼事嗎？我趕時間。」
「不會耽誤您太久。只是問幾句話。」
「什麼事？」
「首先，是您的大名。可以告訴我嗎？」
「我的名字？我為什麼非得向你報上名字不可？」
平田半張著嘴，目光游移。呃那個……。嘟囔的聲音，清楚傳到坐在教場最後一排的這廂。
「算了，沒關係。」植松一手倏然插進長褲口袋。「我姓植松。」
「那麼植松先生，可以讓我看一下你帶的物品嗎？」
植松做個自己打開手拿包的動作。
「請等一下。讓我確認一下。」
就在平田把手往前伸，準備接過那個手拿包時。
「臭小子！」
突然間，植松怒吼。
「你這個死條子，不要隨便碰別人的東西！」

平田大驚失色，渾身僵住了。其他學生也一樣。

「好，到此為止。」

植松輕輕舉起一隻手，教場的空氣頓時鬆弛。

平田在眼鏡後方的眼睛一再眨動後，也許是喘不過氣，伸手去碰領帶結。

「喂，平田。我可要提醒你，被人大吼一聲就嚇到，可當不了警察喔。」

「……對不起。」

「話說回來，你剛才看見我把手插進口袋嗎？」

啊？沒，啊，是——含糊的回答，令植松的表情一沉。

「到底看到沒有？」

「……我沒注意。」

植松豎起手拿包往平田頭上敲。

「我應該講過很多次了吧？路檢盤查時，眼睛不能離開對方的動作。萬一人家突然拿出刀子怎麼辦？」

「對不起。」

「你這副德性，你老爹會哭喔。」

植松再次用手拿包敲平田——這次是屁股，努動下顎示意他回座，然後轉身面對學生們。

「聽好。去年一年之內，縣內所有警署的地域課[2]舉報的刑事犯，共約三千件。其中透過路上

---

2 地域課乃警署部門之一。最貼近市民生活的警車及派出所、一一〇受理報案等皆屬於地域課的主管業務。

攔檢盤查發現的有一千兩百件。占了全部的四成——」

植松說到這裡暫時打住，乾咳一聲。不，不是乾咳。也許是口水嗆到氣管，他彎腰真的咳了起來。

趁隙，宮坂瞥向教場的門。

還在。

今天，那個男人也站在走廊上。從門上的小窗窺視教場。年約五十。滿頭白髮。眼睛彷彿沒有固定焦點的義眼……。

上週，刑事訴訟法的課他也同樣站在外面，上上週操練時，他也從校舍窗口俯瞰在操場的自己。

此人現身地域警察實務課，這已是第二次了。

記得上次，他只是在快下課時過來瞄上一眼。但是，今天這堂將全班共三十七人分成四組的路檢盤查模擬實習課，打從代表第一組的同學上台時，他就已站在門外了。

他究竟是什麼人？只能確定他應該是這所警察學校的相關人士……。

「換言之，」植松終於停止咳嗽，揉著自己的左肩繼續說：「路檢盤查對基層警察而言是最重要的工作。也是菜鳥立功的大好機會。絕不可輕忽。知道嗎？——好，接著是第四組。該誰了？」

「我！」

宮坂起立，走向講台。

「對不起。請問您要去哪裡？」

他邊朝植松的背影發話邊走近，立刻聞到些許菸味。從今天起我戒菸了——上週，植松在班會時間當著全體學生面前親口發的誓，似乎不到一週就破功了。

「我還能去哪，當然是要回家。」

不知是因為從剛才就一直大聲說話的關係，還是咳得太厲害，植松轉過來的額頭上，隱約浮現汗珠。不過，閃著暗光的只有臉的右半邊。左半邊的肌膚是乾燥的。

「請給我看一下隨身物品。」

「改天吧。我今天加班已經累了。」

呵——植松說著，假意打呵欠。手捂著嘴。

「不好意思，那個手拿包，麻煩打開好——」

「你煩不煩啊！別以為是警察就可以這麼跩。叫我打開手拿包？你有什麼權力講那種話？是什麼法律規定的？」

宮坂噤口不語。

「怎麼，你不知道嗎？真是沒用的條子啊。好吧，你看。」

植松打開手拿包。

宮坂默默看著他那樣子，植松猛然將手拿包往講桌一扔，以平靜的聲音說：

「立正！」

宮坂挺直腰桿。中指的指尖對準長褲側邊的車縫線。

「面向那邊！」

植松努動下顎指的是門的方向。聽命行事後，正好隔窗與白髮男人面對面。與他四目相接，這想必應是第一次。

「伏地挺身十次。」

宮坂當場開始做伏地挺身，同時內心有點錯愕。他還以為是把「一百次」聽錯了，但植松說的數字，的確只有那個的十分之一。

停！被這麼喝止，是在第十次趴下時。

「保持那個姿勢不許動。在我說好之前你如果動了，就增加到一千次。」

「……是。」

「那麼，宮坂。我剛才打呵欠，你為何沒阻止？」

「對不起。我疏忽了。」

「萬一我手裡藏了一包毒品怎麼辦？如果吞下去不就完了嗎？你的腦袋，連那點注意力都沒有嗎？」

「對不起。」

下巴幾乎碰到講台的地板。因為手臂無法充分用力。昨天上劍道課時肩膀受到輕微的撞傷，沒想到會在這種地方產生影響。

「還有，哪有人會叫對方自己打開皮包？」

視野一隅出現植松的鞋子。他似乎蹲下了。菸味變得有點刺鼻。

「你的這個——」

右耳被捏住，有被拉扯的感覺。

「是做什麼用的？啊？我剛才應該也講過了吧？萬一人家從裡面掏出凶器怎麼辦？你如果連自己都保護不了，那還談個屁啊！」

「……是。您說得對。」

「不及格。爛透了。平田雖然也很差勁，但你比他還糟。」

植松的手鬆開他的耳朵。那是手腕用力，像要扔出什麼東西的動作。

「那，什麼時候？」

這次背上有輕微的重量。好像是手鬆開耳朵後就放在那裡。

「……啊？」

「什麼時候？」

背上的手，徐徐加上植松自己的體重。

「您、說的、什麼、時候、是、指？」

「我是在問你什麼時候退學。明天嗎？還是今天？隨時都行喔。你不是這塊料。你絕對當不了警察。我現在就可以馬上替你辦退學手續。如何？嗯？」

為了將意識從痛苦轉移，宮坂瞥向門口。

白髮男人已經消失了。

2

在臉前面攤開襯衫，猛然把眼湊近。

找到了。就在側腹的地方。長度約三公分。雖然短，但顯然是皺痕。

宮坂再次仔細把熨斗放上去。

總算習慣熨燙衣服了。扣子的部分要從背面燙。外套直接掛在衣架上吊起來燙會比較好操作。他很懷念連這種常識都不知道的入學前那時候。

「喂，你猜九十八期下次會是誰？」

窗外傳來某人的說話聲，就在他準備折起襯衫時。

「應該是那個宮坂吧。聽說他一天到晚出紕漏。」

他悄悄貼牆，放低姿勢。

這裡是一樓，窗外就放著長椅。因此學生們的說話聲傳來也不足為奇。但是，這是第一次聽到自己的名字出現。

宮坂悄悄從窗口向外窺視。

坐在長椅上的是兩個人。大概是跑步途中停下小憩，兩人都穿著運動服。臉蛋看起來都像十幾歲，所以肯定是高中畢業錄取的長期課程班的學生。八成是去年秋天入學的第九十七期生。

「有個平田你知道嗎？」

「噢。聽說他老爸也是警察對吧？」

「對對對，派出所的兒子。聽說那傢伙的表現也很差。」

「宮坂與平田都是轉業組啊？他們好像是同年？」

「聽說平田大個兩三歲。」

「是喔。不過，他們兩個同是天涯淪落人，好像挺要好的。不是常常攪和在一起？」

「與其說是攪和在一起，感覺更像是宮坂愛管平田的閒事。好像有種說法，據說宮坂以前好像受過平田他老爸的照顧還是怎樣的。」

「哎，總之不管怎樣，鐵定就是那兩人之一吧。」

「我想也是。」

「那，我看好宮坂，賭他三千。」

兩人似乎是以猜下一個離開學校的會是誰來賭錢。

今天是五月二十四日。入學至今算來剛滿五十天。其間初任科第九十八期短期課程班的學生人數，已少了四人。全都是因為成績不佳不得不主動求去。

第四人離開已是二十天前的事了。那麼，原來如此，或許這時候就算出現第五個人也不足為奇。

不過話說回來，原來自己「被看好」嗎？

對於自己被當成賽馬那樣下注，老實說，他很想抱怨一句。不過，雖然對方年紀小，畢竟是前一期的學長，絕對不能頂撞他們。

他們好像還不知道，那個「被看好」的對象，現在就在他倆身後。如果知道，不可能在這種地方講八卦。那麼這兩人應該不住在這裡，而是住在第二宿舍囉？

這時，換成屋內出現些許騷動。門外傳來一群人的腳步聲。

剛才還很安靜的鄰室好像也有人回來了。利用週六週日，與合得來的夥伴相偕去洗溫泉的同期生石山，似乎終於回來了。

這棟「先驅第一宿舍」，全部都是單人房。不過，其實只是把一大間屋子簡單區隔成許多單間，所以隔壁的情況大致猜得出來。

「宮坂哥，您在嗎？」

石山從鄰室傳來的聲音，異樣沉悶。似乎是把臉貼在隔間板上，用手圈著嘴巴在說話。

「我在。」

宮坂回答，同時悄悄離開窗邊。

「我剛回來。讓您看家，辛苦了。」

「歡迎回來。溫泉玩得怎麼樣？」

「真想再多住十天。」

宮坂看時鐘。現在是下午四點半。

目前，週日的門禁時間是傍晚五點。本來只要在晚間十點半晚點名之前趕回來就行了，但在這裡，教官的一句話比紙上的規則更有分量。

不過想到之前整個四月完全禁止外出，現在可以說已經大幅放寬了。

「那個，這給您，是伴手禮。」

石山從隔間板與天花板之間的小縫隙，丟了一個小袋子過來。

由於宮坂稍微年長，石山對他講話都是用敬語。但他的態度，並沒有說話方式那麼客氣。從這樣的落差，似乎可以看出自己被年紀較小的同期生如何看待。

他撿起掉落的袋子。上面寫著「硫黃乳白色·天然溫泉湯花」。是泡澡劑。從外包裝看來，似乎是溫泉旅館免費贈送的。

「不好意思。」

撿起袋子，塞進運動服口袋後，宮坂走出房間。

他沿著走廊向北小跑步。到第三步為止可以用走的，但四步以上的移動必須用跑的。這條規定不分平日或週末皆適用。

他來到娛樂室前面時，迎面遇上第四組的某人。

「辛苦了。」

「辛苦了。」

果如所料，對方的聲音有點冷淡。錯身而過時交會的視線，也帶有一絲不悅。

理由很明顯。是因為前天的第四堂課。

他的路檢盤查實習成績最差，因此指導教官植松命他在明日之前提交反省報告。他喜歡寫文章，對於二十張稿紙的分量不以為意。但是基於連帶責任，第四組全員都受到同樣懲罰，這點令他很歉疚。

經過娛樂室後，宮坂在平田的房間前駐足。

他敲敲門。但是沒有回音。

平田的房間斜對面是廁所。進去一看，有人正在洗臉。放在洗手台上的眼鏡樣式很眼熟。是下緣無框的鏡框。用這種眼鏡的，在同期生中只有平田一人。

他本想出聲招呼，想想還是先默默靠近，把剛才收到的泡澡劑扔進腳邊的垃圾桶。禁止帶進宿舍的東西，當然不能扔在自己房間的垃圾桶。

接著宮坂打開儲物間。戴上手套，抓起長柄刷。

等平田終於從洗臉台抬起頭時，他正用清潔劑開始刷馬桶。

他與重新戴上眼鏡的平田，在鏡中四目相接。

「現在開始嗎？要我幫忙嗎？」

平田的表情，乍看之下雖然帶笑，卻有點不安。眼睛周圍的濡濕也不大自然。看來果真哭過了。

出了什麼事嗎？這種問題光是問出口就已很不識相了吧。這裡是充滿「什麼事」的場所。輪到夜間警備時，隔著單人房的房門，總會聽見某人的嗚咽。聽說每一期都會出現一個精神異常的學生。

平田輕拍自己的胸口又說道：

「別看我這樣，說到打掃辦公大樓，我以前可是專家。」

「你在之前的公司，也會去現場嗎？」

入學不久，問起以前的工作時，平田是怎麼回答的他還記得很清楚。「我在大樓管理公司。」說完之後，「不過我是坐辦公桌。」記得平田又補了這麼一句。

「那裡的人手少，所以做庶務的人往往也得拿著抹布到處跑來跑去。」

平田離開大樓管理公司，是因為一點小事，據說好像是受到同事的惡意刁難。更早之前，據說他還在中堅規模的外食連鎖公司上過班，不過後來好像因為受不了加班太多而離職。

「不好意思。那就拜託你囉？」

宮坂一邊做出非常愧疚的表情，一邊做個把刷子給他的假動作。

「除了寫反省報告還被罰『掃廁所一個月』的人，第四組只有阿宮你嗎？」

「對。因為我是主犯嘛。」宮坂繼續清理下一個馬桶。「對了，我剛剛去過你的房間。」

「找我有什麼事嗎？」

宮坂一邊敬禮，一邊以開玩笑的口吻說：

「其實是昨天上午，我收到我最尊敬的平田巡查部長大人寄來的明信片。所以，我想也該讓他的兒子看一下。」

「噢？上面寫了些什麼？」

「『在這裡，頭兩個月是關鍵。這段期間必須咬緊牙關，有時甚至得抹殺自我。』還寫了『不過不能真的死掉喔。』另外也得到一些寶貴的建議。我待會拿去給你。」

就在他這麼回答，準備用水桶的水清洗刷子時。

植松班的學生，立刻至第三教場集合。

天花板的擴音器傳來廣播，那粗厚的聲音不是植松，而是副班導須賀。

他急忙把刷子放回儲物間，與平田一起跑向校舍。第三教場，是每次早上開班會使用的場所。

三十七名學生全體到齊的同時，在教場出現的，是一個有著倒三角臉的矮小男人。他是校長四方田。

接著須賀的龐然巨體也進來了。宮坂很怕這個男人。此人是體重一百二十公斤的柔道教練。光是這樣已令人敬而遠之，再加上他雖然體格豪邁，卻最喜歡講究一些瑣碎規定，實在令人吃不消。

入學不久，宮坂就已被這個須賀體罰過。須賀挑他毛病，說他從房間走到走廊上時第四步也是「用走的」。一百二十公斤的巨漢甩出的耳光，打得脖子比臉頰更痛。

不過，宮坂真正在意的，不是須賀。那人被須賀的大塊頭擋住，所以一開始他沒發現，原來還有一個眼熟的男人站在門旁。宮坂真正在意的是那個人。

「有事通知你們。」

站在講台上的四方田，一如往常以帶著睡意的眼睛環視教場。

「植松教官昨晚住院了。要暫時請假。」

雖然嚴禁私下交談，這個消息還是令教場的空氣騷動。

「不用擔心。只是輕微的肺炎。很快就會康復。——所以。我現在要介紹在植松教官回來之前，暫代你們班導的教官。」

四方田半轉過身，一邊微微點頭一邊小聲喊道：

「那麼，風間組長。」

被須賀擋住的人走上前。宮坂用力凝視那人的側臉。

沒錯。就是不時來窺視上課情形的白髮男人。

3

把黑板每個角落仔細擦乾淨後，他奔向茶水間。在那裡備妥水壺與毛巾後，已接近上午八點半。學生已全體就座。週一的時間比一週其他任何一天都過得更快。

宮坂奔向教官室。敲門前，先對著走廊的窗子照一下，調整領帶的歪斜。

但他實在運氣不好。偏偏在這種時候輪到當教場值日生。

——我是風間公親。

昨天傍晚，站在學生面前的風間，以雖然清楚卻有點沙啞的聲音說出自己的全名後，立刻直接走下講台。

再怎麼說也太冷漠了。不要求他陳述自己的教育理念，但起碼也該跟大家說一聲請多指教吧。

他很不安。如果和那個男人在一起，恐怕犯點小錯都會挨罵。那或許是因為一聽到「公親」這個名字就令他聯想到「性急」這個字眼[3]。

---

3 日文中，「公親」的發音是Kimichika，與「性急」（氣短）的發音Kimijikai近似。

昨晚他立刻去翻圖書室的教職員名冊，找出那個名字的漢字寫法原來是「公親」，但微微的恐懼依然沒有消失。

走進教官室，布置稍有變更。因為在植松的空位子旁，新擺了一張風間的桌子。那張桌前有白髮腦袋。

「報告。我是初任科第九十八期短期課程班，宮坂定。現在請風間教官至第三教場，進行晨間指導及第一堂課的教學。」

風間轉頭。

這雙眼睛果然令人想到義眼。明明視線相接，卻感覺不到。只覺得那雙眼睛好像穿透自己的臉孔，盯著自己身後的某種東西。

風間沒回答。也沒點頭。不過，倒是站起來了。

宮坂像要開路似地率先走到教官室門口。

等風間走到走廊後，宮坂關上門，當場微微行禮，朝教場小跑步奔去。

教場值日生，還有再當一次門童的任務在等著。去請教官後，必須搶先回到教場前面站好，等待教官抵達。按照規定，見到教官後必須敬禮替教官開門。

就在宮坂一邊想像那個順序，一邊跑了五、六步時。

「慢著。」背後傳來風間的聲音。「我們一起走。」

「是！」

他又跑回風間身旁。以退後一步的位置走在教官身邊，宮坂的腦海浮現的，是「說不定」這幾個字。

說不定，校方早已預見植松即將住院。而且，說不定也早已敲定由風間來代課。所以風間才會一再前來旁觀上課情形。

他一邊這麼猜想，另一方面，也在盤算著，如果要搶在風間之前先開教場的門，應該在什麼時機追過教官才好。

驀然回神，才發現不知幾時自己已與風間並肩同行。是對方放慢了腳步。

宮坂也放慢步伐。

他刻意慢慢走。當他為那意外的高難度困惑之際，風間把步調放得更慢了。他們再次並肩同行。

「你叫宮坂是吧？」

「是。」

「我問你，對你來說警察學校是什麼樣的地方？」

是！首先是鍛鍊自己的場所，繼而也是身為警官確立自覺的場所——。

教科書式的答案當下浮現腦海。

「或許，是篩子吧？」

然而宮坂如此回答。這是真心話。趁早將欠缺警察資質的學生剔除的篩子。那就是警察學校。

這或許是個很普通的答案。但是，入學不到兩個月，就算只有這點程度的認識，也莫可奈何吧。

「原來如此。——那我再問你，你為何想當警察？」

「因為雪。」

風間用微微轉頭的動作催他說明。

「那是六年前的冬天。考上大學，剛拿到駕照的我，獨自去滑雪。回程，暴風雪令我的方向盤失控。」

車子衝破路邊護欄後，他想開門，門卻文風不動。從崖上翻落的車身，前後左右，都被沉重的積雪深深覆蓋。

他用力將雙腳撐著擋風玻璃，試著以手肘撞破旁邊的車窗，卻只落得腳踝扭傷，手骨骨裂。大聲喊叫也只令喉頭疼痛，無人前來救他。

他怕汽車廢氣進入車內，只好關掉引擎。車子立刻停電，暖氣停止。現場在手機的收訊圈外。他一邊冷得哆嗦一邊想到的，是會來出席自己喪禮的人數。

不知不覺意識不清。

「這時救了我的，是任職派出所的巡查部長。」

當他被敲擋風玻璃的聲音驚醒時，窗外是堆滿雪的警察帽子。帽子底下，巡查部長一邊露出笑臉，一邊猛然朝他豎起大拇指。他想不出還有什麼能夠像那根大拇指那樣溫暖自己的身體。

那位巡查部長，每當天候不佳時總會仔細巡邏自己負責的區域。他根據多年的勤務經驗，找出方向盤特別容易失控的地點。當時一手還拿著上面做了記號的手繪地圖。

「換言之，是因為崇拜救命恩人。這就是你的答覆。」

「是的。」

宮坂一邊留意不要走到風間的前頭，一邊猶豫。

那位巡查部長姓「平田」，自從車禍後，至今一直用明信片與他保持聯絡。還有平田巡查部長的兒子和道，居然與自己同期的巧合。這些事是否該告訴教官？

不，在那之前，還是先說各家媒體得知他的獲救經過紛紛跑去派出所時的狀況吧。闖進休息室的記者，圍著平田巡查部長做完採訪後，接著又把鏡頭與麥克風對準巡查部長的獨生子，當時大學四年級的和道。

——不，我不會繼承父親的衣缽。我打算找家公司上班。

或許對教官說說和道當時也許是因為害羞，以略顯僵硬的表情回答「將來有何打算？」這個問題的模樣也挺有趣。

那樣的和道，在接連辭去兩家公司的工作後，終究在親戚的勸說下，不情不願地報考縣警並且被錄取。這段經過不妨也順帶說出吧……。

但是最後，先開口的是風間。

「我有點遺憾。」

「……為什麼？」

「因為若是抱著崇拜，恐怕前途堪慮。反倒是對警察有埋怨才當警察——那樣的學生，更適合這裡。如果照我的經驗來說的話。」

宮坂一下子想不出該怎麼回話。

「那你的志願是地域課囉？」

「……不，是刑事課。」

風間再次微微歪頭。

「沒有特殊理由。只是，在準備警察考試的期間，漸漸對犯罪搜查產生興趣。」

風間點點頭，從懷裡掏出記事本，突然停下腳步。

「宮坂。」

「是。」

「你現在對我做路檢盤查試試。假設這個小記事本是皮包。如果你又像上次那樣不及格，現在就給我打包行李滾蛋。」

宮坂也張開嘴。但一時之間想不出該說什麼。

「要做嗎？不敢嗎？到底怎樣？」

「現在，就在這裡嗎？」

「我應該已經說過了。不敢的話就滾蛋。」

「……我做。」

幾乎在他回答的同時，風間已率先邁步。宮坂自背後接近，出聲喊道：

「不好意思。可以打擾一下嗎？我是——」

他朝左胸的口袋伸手。掏出警證之際也不忘繼續注視風間的眼睛。

「敝姓宮坂。不好意思，可以請教您的大名嗎？」

「你憑什麼這樣問我？」

一度駐足的風間，又開始邁步。宮坂緊咬不放。

「根據警察職務執行法第二條，警察針對有異常舉動的可疑人物可以做臨時攔檢盤查。」

「真不巧，我現在有急事。」

宮坂搶先繞到繼續邁步的風間面前，擋住他的路。輕輕將手抵在風間的胸前，阻止他前進。

「碰觸身體，好像行為過當了吧？」

「不，警職法中也有『得令對方停止，提出質問』這一條，所以這項行為是被容許的。」

「我姓風間。」

風間一邊回答，視線垂落地面。

「那麼風間先生，可以讓我打開你的皮包看一下嗎？」

風間做出不情願的樣子，宮坂朝他走近半步。

「我得先提醒您，您越是抗拒，只會讓我的印象越糟。您如果沒有心虛之處，就請配合一下。」

依舊低著頭的風間，把手上的記事本遞過來。

宮坂同時看著記事本與風間，一邊又說道：

「麻煩您在我檢查時一直看著好嗎？請不要把臉撇開。期間也請不要把雙手放進口袋。」

「好，到此為止就行了。」風間抬起頭。「看來你不用回去打包行李了。」

「學生惶恐。」

「為什麼？」

「啊？」

「你為什麼故作笨拙？」

風間是在說上次的課堂表現。看來果然被他發現了。打從宮坂隔著教場的門看到風間雙眼的那一刻起，便有那種預感。

這次是宮坂低頭。雖然心裡多少感到必須老實回答，卻還是依舊垂眼不語。

「你不想說嗎？」

「是。對不起。」

「好吧。那就算了。不過，我要給你一個課題。你給我好好做出來。」

「請問是什麼？」

「下課後到教官室來。到時我再告訴你。不用擔心。不是什麼難事。」

教室快到了。宮坂跑過去開門，保持敬禮的姿勢等候風間抵達。

風間走進教場後，宮坂關上門，原地揚聲。

「立正！」

看準風間上講台的時機，

「向教官敬禮！」

手臂的動作七零八落。若是植松看到這種表現肯定會命令大家重做十次，但風間只是輕輕點頭。

風間以從容不迫的動作回禮的舉動，令人很意外。也許是第一次見面的冷漠態度，至今令人印象深刻。

「坐下！」

號令完畢，正準備回自己的位子時，「慢著！」風間叫住他。

「宮坂。不好意思，你過來一下好嗎？」

他聽命行事，走上講台與風間並立。

「抓住胸口。」

「是……這樣嗎？」

宮坂把右手伸到自己的胸前。找到制服第一顆扣子後，試著握住那一塊。

「誰叫你對自己做了？」

風間露出沉穩的笑容，一邊豎起大拇指。指尖對著風間自己的胸口。

「那怎麼行……」宮坂一再微微搖頭。「我不能……」

「快點。」

「可是……」

風間轉向全體學生。「有人志願嗎？」

一名坐在窗邊的學生，倚著椅子靠背，懶洋洋地舉起右手。那張嘴唇豐厚、鼻孔看起來比實際更大的自大臉孔，屬於都築耀太。

都築不等教官正式指名便走上講台。然後毫不遲疑地朝風間的胸口伸手，一把將他的制服前襟揪到一塊。

風間的制服上有金色物體脫落，掉到講台地板上。

「對不起！」

宮坂代都築道歉，慌忙撿起掉落的扣子。

「不用在意。——你們兩個，都可以回去了。」

轉身背對風間與走下講台時，都築一直保持沉默。宮坂也緊跟在後回到位子。

「你們也遲早會去街頭巡邏。屆時，被醉漢糾纏不放的機會，想必多得是。」

在旁人看來，想必會以為他之前就一直擔任這群學生的班導吧？再怎麼資深的教官，碰上頭一次授課，照理說多少應該會有點意氣昂揚。但是白髮男身上絲毫看不出那種跡象，只見他緩緩放眼環視學生。

「像剛才那樣被揪住制服，扣子脫落的情形也不稀奇。」

宮坂將手指搭在領帶結上。一回到自己的座位立刻開始冒汗。他試著思索剛才是什麼擾亂了自己的心情。或許是因為嫉妒都築的大膽豪邁。以風間的個性，比起瞻前顧後的自己，想必對爽快聽話的都築有更高的評價。

「發生那種事態時，若是你們會怎麼處理？」

對於風間的這個問題，宮坂第一個搶先舉手。他想藉此挽回劣勢。一邊勉強按捺激動的心情一邊起立。

「逮捕對方。」

風間緩緩解開其他的扣子，脫下外套。

「什麼罪名？」

「妨害公務執行。」

把脫下的外套隨手揉成一團，扔到講桌後，風間環視教場。「宮坂的答案是依妨害公務逮捕對方。有人和他的想法一樣嗎？」

幾乎全體都舉手了。不過，只有都築，他把雙手放在桌下，定定盯著講台。

「原來如此。我的結論是——省省吧。」

風間把右手輕輕舉到胸前的高度，

「一，現行犯逮捕手續書。」

配合自己說的話，他彎下大拇指。

「二，辯解筆錄。」

他把食指也彎下。

「三，處理狀況報告書。四，實況勘驗調查書。五，犯罪前科照會書。」

中指、無名指、小指都彎下，還沒結束。這次又舉起左手，同樣依序彎下手指。

「六，嫌疑人調查書。七，被害者調查書。八，照片攝影報告書……」

等他列舉完文書名稱時，已經把十根手指都用完又回到右手，而且彎到無名指為止了。

「依妨害公務執行逮捕某人時，起碼得製作這麼多報告書。你能說出妨害公務的法定刑責嗎，宮坂？」

「……我記得是三年以下的懲役或禁錮。」

「對。絕對不算輕。不，甚至堪稱是重罪。所以才會製造出這麼多的文書工作。依妨害公務執行逮捕——這句話經常聽到。但是，關於那背後的工作，你們可曾想過？」

眾人搖頭。

「別把時間與精力花在書寫無聊的公文上。有那種閒工夫，還不如上街多巡邏一分鐘對社會更有幫助。即使被醉漢糾纏也要忍耐。記住警察就是要忍耐！」

是！對於眾人這聲回答，風間做出毫不在意的動作，抓起講桌上的外套。

「抱歉。畢竟是第一次上課。我這邊，還沒做好充分的準備。植松教官又是突然住院，交接工作也沒做好。所以，我剛剛只是說出我臨時想到的。今天的課就上到這裡。剩下的時間你們自習。」

風間走出教場後，學生們面面相覷。

只上了十分鐘的課。

人人啞然之際，宮坂起立。走到都築的位子，小聲發話：

「你真有膽量。」

都築抬起頭，猛然把手朝他伸過來。

「你幹嘛？」

「少囉唆，站著別動。」

宮坂被揪住胸口。都築拉扯他。

雙腳用力也沒用，宮坂不得不跨出一步支撐身體重心。

「放手！」

「你不覺得奇怪嗎？」

都築想說什麼，他大致明瞭。現在，都築的手，雖然用力拉扯他的制服，但扣子還是好好的。線頭並未因此鬆脫。之前明明輕易就從風間的制服脫落……。

「看來他不是省油的燈。」

都築把課本胡亂疊在一起站起來。

「你要去哪？教官不是叫我們自習？」

「噢。所以我要去自習呀。回宿舍自習。」

都築以宛如輕撥弦樂器細線的清脆聲音如此說道，把椅子推回桌子底下。

原來如此，風間的確沒說「在這間教室自習」……。

都築走出教場的背影，無人試圖挽留。

宮坂回到自己的座位。

不是省油的燈。或許的確如此。「什麼也沒準備。只是說說剛才臨時想到的。」風間嘴上這麼說，卻似乎已事先動了手腳讓扣子輕易脫落。

當然他動手腳的目的，肯定是要讓大家對上課內容留下強烈印象。學生揪住教官胸口的情境，如果再加上掉落的扣子這種小道具，視覺效果會很強烈。剛才目睹的情景，想必今後也會縈繞腦海久久不去。

4

下午五點的新聞，女主播呼籲大家對大雨提高警戒。

午餐時，餐廳那台電視機，別說是機身的電源開關了，即使只是摸到遙控器，也會被處罰去校舍周圍拔草，可晚餐時為何就准許學生隨便看哪一台都沒關係？這裡的規定好像有很多謎團。

宮坂在餐盤上放著炸牡蠣定食，環視餐廳內部一圈。

他在找可以看清電視畫面的位子，但是還空著的，無論哪裡都是只有學長才能坐的地方。

當他死心地準備在附近椅子坐下時，平田的身影映入眼簾。

他坐的，是電視被擋在柱子後面的位子。

宮坂在他身旁坐下，開口說：

「身為警察最好注意一下天氣。氣象知識也可以救——」

他說到一半就打住，是因為平田的臉。臉頰，染上淡淡的青黑色。好像還有點腫。仔細一看，唇角也破了。

「出了什麼事？」

「嗯？噢，沒事沒事。」

平田說著，朝他用力左右搖晃手裡的湯匙。

「出了什麼事？」

好像有點太大聲了。可以感到附近的學生倏然都朝這邊行注目禮。

「哎，簡而言之，就是S教官突擊檢查，結果我不小心惹到他了，就這麼簡單。」

S教官——是須賀嗎？

「所以呢？」

「所以，他就賞了我一記耳光。」

「你是怎麼惹到他了？」

平田拎起身上的T恤側腹，從運動褲扯出下襬給他看。上面用簽字筆寫著他的名字「平田和道」。

「那有什麼不對？」

依照學校規定，私人物品一律都得寫上自己的名字。當然衣物也不例外。沒有什麼不對勁。

「他說這樣無法辨識。」

原來如此，被這麼一說，簽字筆的油墨的確滲入布料，令文字的輪廓變得模糊。

「哎，這個地方，真的是百聞不如一見。」

平田取下眼鏡，以小指指尖摳眼角。

「都快三十歲的歐吉桑了，下定決心要當作男人一輩子的事業才來到這裡，結果等著的居然是各式各樣的耳光攻擊。而且，是因為相當無聊的理由——你說說，這種事，有天理嗎？」

重新戴上眼鏡的平田，用沒有腫的那一邊嘴巴大口吞嚥咖哩，朝他做出深感不可思議的表情。

「你等一下。」

宮坂扭轉上半身。有沒有人有油性簽字筆？他向周遭學生如此喊話，借來一支後，朝平田的T恤伸手。

「抱歉。」

拎起衣角，把杯中的水倒在上面後，輕輕扭乾。然後，在還濕濕的布料上，用簽字筆寫上平田的名字。

字跡沒有暈開。

「你看，怎麼樣？」

宮坂朝平田豎起大拇指。

對面的位子，頓時有學生哇地發出驚嘆聲。是鄰室的石山。

「宮坂哥，這是什麼原理？」

「簽字筆的油墨會在布料暈開，是因為纖維的縫隙發生毛細管現象。所以只要先用水分堵塞那個縫隙，就不會滲開了。」

——聽起來很厲害耶。

——宮坂你是理科的嗎？你以前在大學是念什麼的？

——你來報考警校之前，是做什麼工作的？

坐在附近的學生似乎對剛才發生的事很感興趣，紛紛朝宮坂發話。宮坂放下筷子。

「我在大學念的是標準的文科。來這裡之前是小學老師。」

「那你怎麼會突然想要換工作？」

「其實我從一開始就想當警察，但我父母強烈反對。我花了兩年才說服他們。」

「那你跟我一樣。我一直騙我老媽，說我考取的是市公所。」

就連平時關係本來沒那麼親密的人都聊得很起勁。吃光炸牡蠣，端著餐盤起身時，平田早已不見蹤影。

宮坂出了餐廳，前往教官室。但是，風間不在那裡。

他跑遍校內。終於在武道場後面的小花壇找到白髮腦袋時，天色已暗。

「報告教官。我是宮坂。」

「今天有什麼事？」

風間沒轉身。他正拿澆水器給——記得那應該是叫百日草吧——一種長得很像菊花的植物澆水。

「是。上課時好幾個人身上有硫黃味。之前，外出組帶了泡澡劑回來，想必是收到的人，偷偷在洗澡時用了那個。」

風間的側臉微微一笑。

「這些傢伙膽子真大。我也收到了，但我扔了。」

硫黃會腐蝕浴缸。況且不說別的，那種行為被教官或學長發現，鐵定會倒大楣。

宮坂略微壓低音量又說：

「還有，上警察行政法時，授課教官至少打了十二次以上的呵欠。想必昨晚喝了不少酒。」

風間驀然發出苦笑。

之前，風間給他的「課題」就是報告。每天下課後，當天發現到的異狀，哪怕是雞毛蒜皮的瑣事都要來報告——被如此命令，已有十天。

「還有呢？」

「今天我想了一下……關於植松教官的病情，之前，四方田校長說的，是真的嗎？」

「你這話是什麼意思？」

「當時校長說植松教官的病情是『輕微的肺炎』。的確，植松教官咳得很厲害，所以若說是肺炎，大家都會相信。但是事實上，我猜應該是更嚴重的病。」

「為什麼？」

「因為還有其他症狀。」

「什麼症狀？」

「汗。他只有右臉會流汗。」

風間終於把臉轉過來。但是，四周太暗了看不清表情。

「靠近脖子的地方有腫瘤，壓迫到神經後，據說就會讓排汗功能無法正常運作。」

如果是左肺上方出現腫瘤，那就可以解釋為何只有右邊流汗了。植松之所以搓揉左肩，想必也是因為那裡會痛。

宮坂如此說明後，風間只是點點頭，不予置評。

「還有最後一點要報告。『先驅第一宿舍』的一樓廁所，洗馬桶用的清潔劑少了一瓶。本來應該有九瓶備用品，現在只剩八瓶。」

那是綠色的圓筒形容器。記得應該是三列三行排得整整齊齊，剛才，他在晚餐前的清掃時間去看，正方形缺了一角。

「疑似被誰擅自拿走了。」

「我想也是。是什麼時候不見的？」

「我是今天發現的，但也有可能更早之前就被拿走了。」

「拿走做什麼？」

「我猜想，是為了除鏽吧。被拿走的清潔劑是馬桶專用，具有鹽酸的強力除垢效果，所以也可以用來除鏽。」

「哪裡的鏽？」

「我想應該是宿舍後面的門。門上的鉸鍊生鏽了，輪值警備的學生每次開開關關都會吱吱響很吵。」

「現在呢？那裡的鐵鏽已經沒了嗎？」

「不。還在……」

昨晚也因為那傾軋聲，半夜被吵醒。今天清掃時他也特地檢查過，門上的鉸鍊果然還是被暗褐色鐵鏽覆蓋。

「現在全體都在房間嗎？」

突然間，風間的語氣似乎變得嚴厲。宮坂看手錶之前已立刻併攏雙腳立正。

「是！應該在。」

距離入浴，還有一段時間。平日晚間禁止外出，所以現在風間班的學生應該全都在宿舍。

「立刻叫大家到操場集合。去跑步。二十五圈。」

5

「喂，結果是多少？」

「什麼東西？」

「四百乘以二十五。是多少？我們現在已經跑了幾公尺了？」

「不知道。我連想都不願想。待會計算機借你，你自己算。」

茫然聽著走在前面的二人組的對話，宮坂把手繞到背後，扯下黏在背上的T恤。

腰部以下，現在似乎是靠著慣性在跑步。後天大腿的肌肉酸痛不知會是何種程度？想到這裡，就連再多走一步都不願意。

「喂，宮坂。」

二人組的其中一人轉過頭，盯著宮坂的臉問。

「你剛才在花壇那邊，和風間教官說話吧？是不是你說錯了什麼話，惹火教官了？」

宮坂搖頭，卻毫無自信。

公親。性急。

是什麼惹惱了風間？是因為自己的說話方式等於指控四方田校長是騙子嗎？基於同樣身為教官的立場，感覺自己被侮辱嗎……能夠想到的也只有這些。

走進自己房間，立刻一頭倒在床上。

正值洗澡的時間。門外，絡繹響起眾人朝浴室走去的腳步聲。

不過話說回來。洗澡順序按照宿舍樓層劃分的安排，恐怕值得商榷吧？在一定的時段，整個樓層的學生一齊離開後，照理說遲早一定會發生那麼一兩件失竊案。

宮坂脫下汗濕的T恤，折起來塞進觀音。觀音——用那種佛教用語稱呼單人房的衣櫃，應是根據門的對開方式[4]，但是如果不設計得更寬敞一些實在教人難以領情，況且教官持有備用鑰匙也是不容忽視的問題。

就在他一邊這麼想，一邊取出毛巾時，門外傳來某人的動靜。

「打擾一下。」

露臉的是平田。

「阿宮。不好意思，可以拜託你幫個忙嗎？」

「什麼事？」

「明天第一堂課是逮捕術吧？」

「對。」

---

4 日文中，將對開的門稱為「觀音開」，因供奉觀音菩薩的佛龕多半有這樣的門扉。

「其實，我上手銬的手法還是不怎麼靈光。呃，該說是動作生疏嗎？所以不好意思，能不能請你陪我練習一下？」

「現在嗎？不趕緊去洗澡就會錯過時間了。」

「只要一下就好。」

實在拗不過合掌拜託的平田，宮坂只好把毛巾放在床上。兩人去平田的房間。

「那，你試試看。」

面對拿著借來的手銬接近的平田，宮坂伸出手讓他抓住。平田把他那隻手向後扭。以趴伏的姿勢被壓倒在床上後，雙手手腕感到不鏽鋼冰冷的觸感。銬得有點緊。似乎已卡進皮膚。

「咦？好像比我想像中成功嘛。」

見平田語帶戲謔，宮坂抱著稍微抗議的打算，準備起身。起不來。

正想起身，便有某種力量把他拖回墊子上。

發生了什麼事？腦袋混亂僅在數秒之間。

「喂，平田老兄。」

他不想讓對方發現他的驚慌。那種心情很強烈。確認自己擠出笑臉後，宮坂努力以開朗的口吻繼續說：

「你這又是在玩哪一招？」

床鋪的枕畔，鑲著橫向的鐵架。平田就是把手銬掛在那上面。有一根鐵條，等於是穿過被反剪的雙手形成的圓圈中。難怪他站不起來。

「這個玩笑好像開得有點過分了吧？」

平田露出與他一樣的笑容，默默背過身去。打開房門，頭也不回地往外走。

「喂——你等一下！」

朝平田的背影吼出的聲音，被關閉的房門輕易擋回來。

宮坂啐了一聲後，試著拉扯手銬。

床並非嵌死在地板上，但是太重了，似乎無法輕易搬動。他被銬在床上幾乎動彈不得。

他的上半身躺在床墊上正感束手無策之際，沒想到平田很快就回來了。手裡，拿著可能是放在飲水台的臉盆。

「——真是的，不好笑的玩笑可以停止了。快，幫我解開好嗎？」

平田正眼也不瞧他，逕自把臉盆放到地上，在那上方撕開某個小袋子。是泡澡劑。肯定是前幾天自己扔在廁所垃圾桶的那包。

「我看扔了太可惜就撿回來了。」

平田開始將袋中粉末倒入臉盆。

「你該不會想拿那個代替浴缸吧？不好意思，我完全笑不出來。玩笑明天再開吧。」

「明天？沒有什麼明天。今天就完了。因為我好像已經失去了。」

宮坂將視線自臉盆移向平田的臉上。

「失去什麼？」

「自信，以及意志力。足以讓我留在篩子裡的。所以，我要讓一切都結束。」

「結束……喂！你不會吧！」

逃走。平田果然打算逃走。

外食連鎖業與大樓管理公司。平田對這兩者都因耐不住辛苦而辭職，所以宮坂老早就擔心他這次會不會也一樣半途而廢，看來果然被料中了。

把泡澡劑的袋子往地上一扔，平田站起來。接著打開觀音，從中取出一捲膠帶。平田開始拿膠帶仔細堵住門與地板之間的縫隙。

「咦？阿宮。難不成，你以為我要逃走？」

宮坂以眼神肯定，平田嗤鼻一笑。

「那可不行。我怎能讓我老爸丟臉？就算逃回家，也沒臉見鄰居。我根本無處可逃。」

「那你剛才說『沒有明天』到底是什麼意思？」

「阿宮。我可以問個問題嗎？」

「……什麼？」

「你知道嗎？我在這個學校最討厭什麼？」

「不知道。是體罰嗎？教官或學長的。」

平田在房門底邊貼完膠帶，接著，又開始貼縱向的門縫。

「不對。那是第二討厭。」

「不然就是校規吧。因為那些規定瑣碎得荒謬。」

「哎呀呀，離答案越來越遠了。那是第三討厭——第一討厭呀，」

下方與左右。平田貼完房門的三邊後，朝宮坂轉身。

「是你喲，宮坂。」

平田的臉上已完全失去笑意。

反倒是宮坂笑了。他完全不知該如何對剛剛聽到的話做反應。眼下能做的，只有勉強擠出誇張的笑臉而已。

「你以為幫我扛下反省報告與掃廁所，我就會高興嗎？嗯？」

臉頰立刻開始痙攣。肌肉僵硬，已經無法再笑下去了。

平田再次朝觀音伸手。接著取出的，是綠色的圓筒形容器——那是廁所專用清潔劑。

「理科很強的你應該知道吧？含有硫黃的泡澡劑，與酸性清潔劑。將這兩者混合之後會怎樣——」

好像聽見某種聲音。肯定是血色從自己臉上消退的聲音。

「你放心。今天要結束的，只有咱們兩人。」

宮坂在床墊上扭動身體。扭得肩膀關節都快脫臼了。

什麼也沒發生。只有床鋪的鐵架與手銬鍊子互相摩擦，發出刺耳的聲音而已。

「其他人全都沒事。因為我剛才已經在宿舍門口貼了告示。上面寫得很清楚：『內有有毒氣體產生』。」

「還有，別人。」

曾幾何時，喉嚨變得好乾。

「還有學生。在二樓以上。」

平田不為所動。他知道硫化氫比空氣重。

「你好像沒有仔細想過。看到別人故意表現得比自己差勁，會是什麼心情。」

宮坂試著踹隔間板。鄰室沒有任何反應。

「成績殿後，的確很不好受。被教官揍，的確很痛。」

他試著大叫。結果還是一樣。

「但是，受到他人憐憫，也很不好受喔。」

他以驚人的速度拚命動腦筋。該怎麼解釋才好？

首先，必須讓對方知道自己是相信他的。身為那位平田巡查部長的兒子，就算在學校的成績不好，遲早也能夠成為好警察。自己就是真心這麼相信，所以才努力想幫他。

「平田，你聽我說——」

噓！平田將食指豎在唇前。

「你不是在幫我。你是在鄙視我。」

食指彎下，改成大拇指猛然豎起後，平田把清潔劑的蓋子打開。就在這時。

「平田，洗澡的時間到囉。還有宮坂也是。」

門外響起聲音。咬字清晰，卻略帶沙啞的聲音——。

教官！宮坂聽見自己的嘴巴如此大喊。

「你、你沒看見告示嗎？」平田的眼睛忙碌地左右游移。「不可以來這裡。會被波及。」

「無所謂。」風間的語氣一絲不亂。「平田。我要試試你的膽量。」

動手吧——之後風間的簡短命令，宮坂已聽不清楚。因為自己發出的叫聲，蓋過了他的聲音。

宮坂再次扭身，力道之猛甚至令床腳翹起。手腕一帶響起古怪的聲音。他完全不覺得痛。不過可以肯定，不是肌肉撕裂就是骨折。

似乎也有輕微的暈眩。眼前有許多小顆粒在發光。從那樣的視野捕捉到的平田，臉孔扭曲成奇妙的形狀，同時，懸在臉盆上方的綠色容器，幾乎已放倒至水平。

宮坂已分不清楚，裡面的液體注入泡澡粉，與自己再次胡亂大叫，究竟何者先何者後。

第二話　牢問

1

「聽好，各位同學。偵訊沒有什麼教科書。要做得好只能靠經驗累積，自己多下工夫才行。」

楠本忍不管教官的說話聲，在桌下偷偷脫鞋。那個穴道叫什麼來著？名稱忘了，但位置她知道。是大拇趾的趾甲。

她緩緩彎身，伸出手，隔著襪子用力按壓趾甲根部。

「不過，還是有一定要抓住的基本重點。首先是涉嫌人的……等等……情報……」

教官的聲音，倏然遠去。

驀然回神，脖子已低垂。

忍聳肩瞥向前方。幸好，教官服部正背對這邊。

手離開襪子。不行。就算再怎麼按穴道，還是不覺得有效。難道沒別的方法了嗎？可以趕走瞌睡蟲的好方法……。

正準備試圖回想但眼皮已落下。忍慌忙握住自動鉛筆。

「我再重複一次。首先，要牢牢掌握關於涉嫌人的資料。家族成員、交友關係、學歷、經歷、血型……。能夠掌握的情報全都要記在腦中。如果沒有先做到這一步，就不能進偵訊室。」

這樣總該會清醒了吧？她拿自動鉛筆的筆尖戳手腕。

幾乎感覺不到疼痛。彷彿全身都被麻醉了。

「先記住這些資料，接著該做的是觀察。讓對方說話的期間，要定睛注視對方的臉。這也是偵訊的基本。——對了，今天的教場值日生是誰？」

應聲回答的，是岸川沙織。

「請到前面來。由妳來扮演涉嫌人。」

服部命令沙織在講台準備的桌前坐下後，繼續說道：

「好，各位同學，你們知道人腦分成左右兩邊對吧？一邊管感情，另一邊管理性。那我問你們，掌管感情的，是左腦還是右腦？」

服部朝坐在第一排的男學生努動下顎。

「你來回答。」

被指名的學生站起來，服部把手上的指示棒前端，抵在沙織的手背上。

「要仔細想清楚喔。如果錯了，你親愛的夥伴可是會倒楣喔。」

「左邊吧……我想。」

「你要回去重念中學嗎？」

服部說著，拿指示棒狠敲沙織的手。沙織的肩膀猛然一抖，挨打的手微微一縮。

「掌管感情的是右腦。右腦操控的，是身體的左半邊。因此，人的心情會表露在左臉。」

忍搓揉眼皮。

她知道自己為何會打瞌睡。是早餐後吃的花粉症藥物所致。早知道會這樣，還不如任由鼻塞發作連打幾十次噴嚏算了。

朝手錶一看，再過十分鐘就下課了。

只要熬過這第二堂課，接下來有一個小時的午休。屆時不吃午餐直接回宿舍吧。小睡片刻。第三、四堂課也都是坐著聽講，不過只要先睡一下，應該就不會被睡魔攻擊了。

第五堂課不用擔心。今天是週四所以是文化社團活動。只要拿起鉛筆在素描簿上作畫，就不可能再打瞌睡。

「知道了嗎？偵訊的時候，要留意觀察涉嫌人的左臉。這樣的話，多半可以看出對方是在說真話，還是在說謊。」

忍把自動鉛筆放回鉛筆盒。順手從口袋取出手帕，覆在嘴上，深吸一口氣。

涼風直衝鼻腔。

為防萬一事先灑上的薄荷油，比起按穴道和自動鉛筆，的確更有效。不過，很難說已睡意全消。這樣子要再撐十分鐘恐怕很困難。

「不過話說回來。當然不可能所有的涉嫌人都會這麼輕易地滔滔不絕。他們多半坐在椅子上成了化石。面對這種棘手的對象，該採取什麼手段呢？首先，最為人所知的就是『好警察、壞警察』這個方法。換句話說也就是這樣。」

服部踢桌腳。然後，對著再次嚇得一抖的沙織：

「喂！還不趕快說實話！」

這麼怒吼後，突然轉為平穩的語氣說：

「妳什麼也沒做吧？嗯，看到妳那誠實的眼睛就知道。妳絕對做不出壞事。」

忍扭過身，拚命忍住呵欠。果然如她所擔心的，眼皮再次變得沉重。

「──總之，如果做得誇張點，大概是這樣吧。簡而言之，一人扮黑臉，一人扮白臉來接觸涉嫌人。於是涉嫌人對扮白臉的刑警感到溫情就會自白了。這是很古典的招數，但對方若是初犯正感到害怕，多少還是可以用一下。」

到此地步，索性，就睡吧。

入學時，曾聽前期的學長說過。上課期間打瞌睡的人，二話不說一律開除。那應該不是嚇唬人的吧。在培育必要人才之前，篩除不需要的人才。這就是警察學校。

不過，只要不被發現應該就沒問題。服部的眼睛一如往常，不知為何只盯著坐在前排的學生。自己坐在最後一排，應該不會露餡。

「不過，如果這樣，對方還是堅守沉默時該怎麼辦呢？還有什麼別的方法？有人可以回答嗎？」

服部再次拿指示棒抵著沙織的手。

「我！」

忍期待此舉能趕走睡意，立刻舉手。不等服部反應，逕自起立。向前跨出的腳，搖晃不穩。就像在水上的小船行走。

走近服部後，她對著服部的耳朵，覆手湊近嘴巴。然後像要講悄悄話般表演一番後：

「好，答對了。」

服部避開她，接著指示棒也離開沙織的手。那根棒子無意義地敲打黑板，或許是為了掩飾他的尷尬。

「換句話說，在偵訊當中，讓另一名刑警進來，附耳說幾句悄悄話就行了。只要裝個樣子就行。只要假裝說悄悄話，光是這樣就能讓涉嫌人突然感到不安。最後耐不住那種不安，就會開始自白了。」

看來自己的想法太天真。雖然站在黑板前，受到全體同期生的注目，腦袋還是很沉重，眼前的景象都在不停晃動。

正當她連站都站不穩時，服部朝她射來評估身價般的視線。

「楠本，妳打算當刑警嗎？」

「不。」

「那麼，妳的志願是哪裡？」

「還沒決定。」

「是嗎？那好，妳在這兒坐下。」

服部的棒子指的，是沙織對面的椅子。

「那就請楠本再示範一下偵訊的情形。岸川，妳扮演酒駕逃逸的涉嫌人。假設昨晚，妳駕駛一輛藍色汽車，在縣政府前的十字路口撞到人。不管楠本對妳說什麼，妳都要否認到底喲。——

好，楠本，妳開始偵訊吧。」

忍在椅子坐下，與沙織對峙。

今天是六月四日。入學典禮至今已過了兩個月，初任課第九十八期短期課程的學生人數也從四十一減至三十六。退學的五人都是男生。六名女學生至今無人淘汰。

面對六人之中身材最高大的沙織時，最矮小的自己，不得不擺出仰望的姿勢。昏昏沉沉的現在，弄得不好說不定會脖子向後折斷。忍好不容易才撐住，開口說道：

「說到妳的車子，是什麼顏色來著？」

「藍色。」

「妳昨天晚上，在某間店裡喝了一杯吧？」

「沒有。我不喜歡喝酒。昨晚很早就睡了。」

「是嗎？可是，那就怪了。事實上，昨晚有一輛藍色車子撞到人。現場遺留的烤漆碎片，和妳的車子完全一致。」

「那是妳想太多了。同樣顏色的車子在這世上多得很。」

「並沒有。」

「……啥？」

「因為會曬黑。車子也是。只要在外面跑，不管怎樣都會有點褪色。所以，即便是同樣量產的汽車，每一輛的顏色，也會有微妙的差異。對了，妳開車經過縣政府前的十字路口，是在幾點左右？」

「好！」

服部的聲音插入。

「剛才的問法也很高明。在這裡不可以問：『妳是否經過縣政府前的十字路口？』必須把涉嫌人開車當作既成事實，直接挑明。那樣才會奏效。這種出人意表的發問方式……所以……在心理上……」

服部的話語聽起來又變得斷斷續續。已經到極限了。忍抱著被開除的決心，準備合起眼皮。

沙織的身影在眼前倏然消失，就是在此刻。同一時間，自己的耳朵捕捉到某種東西跌落講台地板的悶響。

2

第一多功能室——要說這房間有哪裡不對勁，那八成就是窗簾的顏色了。彷彿在青綠色之中摻雜灰色，是暗沉粗俗的顏色。若依照日本工業規格慣用色彩名稱的說法應該算是鏽淺蔥色吧。

窗邊放著這麼沉悶的顏色，簡直品味糟透了。枉費地上特地鋪了單層杉木地板，總覺得整個房間冷得要命。

「差不多就這樣吧……」

沙織的聲音，令她的視線自窗簾回到眼前。

「畫好了嗎？」

沙織點點頭，把素描簿反過來給她看。但是，上面畫的臉孔，終究難以說很像自己。

忍不禁沉吟。

「或許是內部配置還差了一點。我的額頭，有這麼窄嗎？若只看整體輪廓倒是很像在照鏡子。」

「內部配置……嗎？不愧是以前賣過家具的，說出來的話就是不一樣。」

拿橡皮擦去擦畫紙的沙織，臉色已恢復紅潤。

之前在偵訊模擬途中，突然推倒桌子倒在地上時，她的臉色慘白毫無血色，但現在似乎已經恢復如常。

「拜託，什麼賣家具的太難聽了吧。請喊我室內裝潢設計師好嗎？」

「遵命。忍姐，妳才二十六吧？」

「對呀。比妳老兩歲。」

「真厲害。這麼年輕就考取執照，在工作上獨當一面了。而且，現在居然拋棄那種資歷想要當警察。該怎麼講……呃，就連對人生的氣魄都不一樣。」

「妳又誇張了。」

沙織自己報考警察的動機又是什麼？

——我想從事對社會有益的工作。

忍從記憶中搜尋第一次開會時應該從她嘴裡聽過的話，一邊把自己替她畫的肖像畫拿給她看。

「如何？很像吧？我特地把妳畫得比較年輕。這個，是兩年前的沙織。我是一邊回想照片一邊畫的。」

「照片？」

「妳忘啦？剛入學時，我們幾個女生不是偷偷互相給對方看過相簿？當時，妳給我看過照片。妳還說是因為那張『把臉拍得最小』。就是妳和汽車一起拍的那張。」

噢——沙織開口點點頭，忍也跟著再次將兩個月前看到的那張照片在腦海重現。

拍攝地點，是街頭看似停車場的場所。照片中央，站著身穿短袖洋裝的沙織，左側是廂型車的尾部。

日期是兩年前的五月，天氣微陰。相片背景中的街頭時鐘指著午後一點。

「沙織的車子很酷耶。記得妳說是妳哥開過的舊車？」

「嗯。不過，那輛我幾乎都沒在開。」

「為什麼？」

「因為，沒有相當的勇氣實在不敢坐上去。那麼花俏的顏色，太丟臉了。」

照片上廂型車的車身顏色，一般人應該會把那種暗沉的紅色稱為磚紅色。但是，在鑽研過配色的人看來，那顯然比磚紅色還要再暗一點。應該稱為氧化鐵紅。

不過沙織的感覺好像有點異於常人。通常，應該不會說氧化鐵紅那種顏色太花俏吧？

「不過，」忍翻開素描簿，「沒想到像沙織這麼強壯的人說倒就倒下了。真的，嚇我一跳。」

「我只是有點頭暈。對不起，給妳添麻煩了。」

沙織被男學生揹去保健室後，忍連午餐也沒吃，一直在旁邊照顧她。
「怎麼搞的？出了什麼事嗎？」
忍並未刻意壓低音量，如此問道。
這個「肖像畫社團」使用的第一多功能室，現在，有六名學生在畫圖。講師是在縣警局鑑識課擔任肖像畫搜查官的警部補，剛才就已離開。因此，兩人一組的學生，全都在私下交談。
沙織把嘴巴湊到忍的耳邊。
「最近，我收到莫名其妙的信。是匿名，內容類似恐嚇信，我大概已經收到五封了。所以，我很害怕，有時連晚上都睡不著……」
她說這幾天身體尤其不舒服。
「恐嚇信？該不會是像那種不幸的連鎖信？」
「可能和那個有點不同。」
「不然是寫什麼？」
「該怎麼說才好……類似『我知道妳以前幹過的壞事』吧。」
「超恐怖……那妳猜到是誰寄的嗎？」
沙織搖頭。
「不過，我想應該是這裡的學生。只是直覺。」
「那妳得小心一點。妳有催淚噴霧嗎？最好隨身放在口袋裡。」
連我都一直這麼做——忍說著拍拍褲腰給她看。

「晚點再向妳借吧。」
「可以呀。對了，妳通知教官了嗎？」
這麼說出口之前，腦海已浮現指導教官的臉孔。
風間公親。
打照面至今還不到兩週，所以還未搞清楚他究竟是什麼樣的人。只是抱有「此人無懈可擊」的強烈印象。
沙織再次搖頭。
「我再觀望一陣子。因為我猜想應該只是惡作劇。」
「喂，若是找到嫌犯，我們一起送交警察吧——呃，這裡就是警校……」
就在沙織露出虛弱的笑容時。一旁，
「那個，岸川同學。」
男生的聲音響起。
「我試著畫了一下，妳看這樣如何？」
忍與沙織一同朝聲音的來源瞥去。
石山從下方抓著素描簿，對著這邊。上面畫了沙織的臉。濃眉尖下巴。是巧妙強調出個人特徵的出色肖像畫。
「石山，那張畫，送給我吧。」
沙織的臉有點發亮。也難怪。之前，沙織想必沒有什麼被男學生當成模特兒的經驗。

「妳想要？好啊，那妳拿去吧。」

石山的手鬆開原先抓著的部分。於是，臉部以下畫的東西露出來。那是以漫畫風格變形的女性裸體。

「你有病啊！」

忍站起來，對著故意邊行禮邊逃跑的石山丟橡皮擦。

「讓那種人當警察真的沒問題嗎？」

轉過身一看，沙織的眼中已蓄滿淚水。

「謝謝——忍姐，之前也是妳幫了我吧？」

「之前？」

「上犯罪搜查課時，我差點又挨打，結果妳就舉手了。我好開心。」

忍輕輕搖手，意思是叫她別放在心上。

「不過，服部教官還是那麼討厭。個性那麼陰險，偏偏只有嘴上特別客氣，噁心死了。」

沙織低聲吸鼻子，以指尖按著眼頭促膝靠過來。

「忍姐。」

「嗯？」

「妳是站在我這邊的吧？」

「當然。」

「那麼，今後，妳也不會拋棄我或背叛我？」

忍凝視著沙織的眼睛對她點頭。

「絕對喔。絕對不能背叛我喔。」

沙織把手放在忍的膝上。一看之下，沙織的手背有塊瘀青。八成是服部的指示棒敲出來的。

忍轉眼看沙織的臉，可以看出她的肌膚有點粗糙。眼神也不安定地游移。也許是連日來的緊湊課程，也可能是「莫名其妙的信」，讓她罹患輕微的精神官能症。

「知道了啦——那好，我倆一起去找吧。找出那個寄恐嚇信給妳的犯人。」

「怎麼找？」

「那當然只能一個一個慢慢去調查了。不過，要讓涉嫌人招供，有一個絕佳方法。『好警察、壞警察』或『耳語法』那種伎倆，相較之下不過是開胃小菜。」

「是什麼方法？」

「牢問[5]。」

「RooMon……呃，那應該不是西式甜點的名字吧？到底是什麼？」

「想知道？那麼，妳先在椅子上跪好。」

紗織在堅硬的椅子上乖乖屈膝跪坐。

忍背對沙織，把屁股放在她的大腿上。

---

5 牢問乃江戶時代的拷問方法中，鞭笞、抱石、蝦子式（令犯人盤坐，雙手綁在身後，雙腳腳踝綁在一起後再將繩子套在脖頸，令犯人弓身如蝦子）這三種的總稱。

「好重！」

「很痛吧？這就是牢問。正確而言是牢問的一種，這叫做『抱石法』。在江戶時代，就是這樣讓罪犯自白的。」

忍搖晃身體，繼續施加體重。

「首先，讓罪犯跪在凹凸起伏的洗衣板上。然後，把大石頭放在大腿上，對罪犯說：『快招供！只要招了，我就把這石頭搬開。』那樣很痛苦喔，哪怕是最頑固的罪犯據說都會乖乖自白。」

「大概有多重？」

「五十公斤左右的石板，堆上很多片，最後好像重達五百公斤喲。」

「真的？如果是五百公斤的話……」

「等於十個我。若是妳的話是七個。」

忍自以為在開玩笑，沙織卻沒反應。

「妳怎麼了？」

忍從沙織的大腿下來轉身看她時，宣告下課的鐘聲響了。

不，沒事。沙織說著站起來，臉上已無表情。她把素描簿夾在腋下，逕自朝出口走去。

然後，她在男生聚集之處停下腳步，默默拿起石山的素描簿，把剛才那張肖像畫撕掉後，邁步走出房間。

3

垃圾袋與刷子從家裡帶來即可。小桶子和水杓可以向寺裡借。另外還需要的是線香與鮮花。要去哪兒買……。

不，慢著，說不定那兩樣，他母親都已準備好了。

忍在紙上列出替和馬掃墓所需的用品後，抓著筆的手尋找面紙。

不知不覺，又鼻塞了。

又吃了一顆鼻炎藥後，她看著桌上的月曆。

凝視後天六月六日特別標明的黑圈，視野不禁模糊。

她又抽了一張面紙，這次是壓在眼睛上，一邊想著要打電話給和馬的母親。

現在不是操心線香與鮮花的時候。仔細想想，更重要的大事都還沒談妥。必須趕緊決定後天幾點在哪碰面。

說不定，兒子生前的未婚妻要在忌日一同去掃墓，會讓她很不愉快。據說做母親的往往在心底深處都想獨占兒子。

手機現在被教官室保管。只有週六週日才准使用。無奈之下從皮夾找出電話卡後，忍打開桌子抽屜。

挪開薄荷油的瓶子，把底下壓著的信封信紙放到桌上。

雙手戴上犯罪搜查實習課用的白手套，吐出一口氣後，以水性簽字筆開始寫字。

「敬告岸川沙織：兩年前的六月六日，妳犯下的罪行，我都知道。別以為撞死了人可以就此逍遙法外。妳絕對逃不了。趕快俯首認罪去自首吧。」

寫好後，她一邊檢查自己的筆跡有無露出馬腳一邊重讀。

這是第六封。或許是已經寫習慣了，左手寫的字，比起以前工整許多。

或許該另找方法來掩飾筆跡了。她這麼想著，一邊把信紙塞進信封，貼上郵票。

等後天掃完墓，這次還是搭電車吧。坐到盡可能遠離學校的鄉下小鎮，再把這個投進郵筒就行了。

她把信封收進觀音深處。

把臉轉向床上，隨手扔在那裡的素描簿映入眼簾。本想把那個也收起來，但忍中途停手。

她花了十分鐘的時間，仔細畫出一張和馬的肖像畫。

然後，換上運動服走出房間。

拿著電話卡，走向宿舍大廳。

公用電話前，排著小小的隊伍。一週到了後半，傍晚總會看到這種情景。

除了打電話，還有兩件事必須馬上做。其一，是向指導教官風間報告沙織的事。另一件事，是把明天要上的臨場[6]課大致內容通知第三組的成員。

她實在提不起勁，也感到呼吸困難。好不容易結束一天的課，還有無止境的雜務追在屁股後頭。明天傍晚，還要替練習用的警車打蠟。

她與去餐廳的學生們逆向而行，先去教官室。

風間在自己的位子上拿著文件。桌上收拾得很乾淨。桌墊上只放了黑漆茶杯。

忍在風間的斜後方立正，開口說道：

「我是楠本忍。報告教官。岸川沙織自第五堂課已回去上課。她只是輕微的暈眩，所以已經沒事了。沒有任何異常。」

既然受命擔任保健委員，就得隨時將學生的健康狀況通知指導教官。

「知道了。辛苦了。」

聽到風間回話的同時，鼻子深處癢癢的。她慌忙在口袋找手帕。

來不及了。忍以手心捂住嘴巴打噴嚏。來不及用上的手帕，與電話卡一起掉落在風間的腳邊。

風間彎身撿起手帕與電話卡，遞還給她。

她不確定風間的視線鎖定在何處。帶著些許困惑，忍低頭行禮，接過掉落的物品。

「花粉症嗎？」

「是。鼻塞很嚴重。」

「後天有法事是吧？」

---

6 臨場在警察用語中，是指前往案發現場進行初步調查。

週末假期要外出時，按照規定必須在外出及外宿專用的本子上填寫目的與去處。她在這週剛開始時已填上「掃墓」。

「是。我要去替祖母掃墓。」

說完後有點後悔。應該說祖父才對。如果與和馬一樣是男的，相對的，說謊的程度本來可以低一點。

「別忘了口罩。」

風間站起來，走到窗邊放的櫃子。用鑰匙開門。

櫃子裡放著紙箱。裡面，塞滿三十支手機。

「趁現在，把妳自己的拿走。」

「可以嗎？」

本來，手機只有在週六日的早上才能領回。

「沒關係。」

「謝謝教官。」

電話卡掉地果然是對的。忍用這句話總結這小小的幸運，探頭往箱內看。

外形相似的很多。但是，要找到自己的手機很簡單。只要找會隨光線照射角度變色的機種就行了。外殼有偏光塗料的手機並不多。

「楠本，我剛剛正好在看妳的資料。妳以前，好像是做室內設計的吧？」

「是。」

風間關上櫃子門，回手指著自己的桌子。

「妳認為如何？這張桌子的周遭擺設。」

「恕我直言，實在談不上洗練。」

「噢？那麼，該怎麼改變？」

忍把風間的辦公椅挪到旁邊，改而從背後的電腦桌將藍色電腦椅拖過來。

「考慮到接下來的季節，應該盡量選用涼爽的寒色系。還有——」

桌墊的綠色太深也令人介意。掀開一看，背面也是同樣的綠，但比表面的色調稍淺。

她拿起茶杯，索性把桌墊整個翻面。

「這樣或許比較好。」

「用來工作不嫌太亮嗎？」

「不會。」

忍把漆黑的茶杯放回翻面後的墊子上。

「有這個重點點綴便可取得平衡感。」

「原來如此。氣氛整個都變了呢。」

風間的白髮或許會有點破壞這種平衡。把椅子與桌墊恢復原狀，她倏然閃過這個念頭。

「以妳的才華，想必應該有很多人委託妳設計吧？」

「還算過得去。」

「我可以再問個問題嗎？」

「教官請說。」

「妳為何不惜拋棄那種才華立志當警察？」

忍不停朝他眨眼。

「做了兩年室內裝潢的工作，覺得還是不適合自己。於是，決定向從小憧憬的警職挑戰——妳報考警校時，在面試那關是這麼回答的。這是妳的真心話嗎？」

「……當然。」

「我倒覺得似乎有更強烈的動機。」

「並沒有。」

「好吧。對了，今天妳畫的是誰？」

差點脫口反問「啥？」時才醒悟教官是在說肖像畫社團。

「岸川同學。」

「是嗎。那妳昨天畫的是誰？」

這次，她真的脫口冒出一聲「啥」。社團活動一週只有一次。

「妳的這裡，」風間在胸前做出敬禮的姿勢，指著手掌的側面，「被鉛筆弄黑了。」

「是。正如剛才所說，今天我在社團活動畫了畫。」

「不，妳的手，除了週四之外也會弄髒。不管有無社團活動，妳不時會在房間畫某人的肖像。不是嗎？」

「……教官說得對。」

「是誰的肖像？」
「可以讓我保留這個祕密嗎？」
風間微微點頭，坐在椅子上，再次拿起資料。
「今天，我聽服部教官說。妳好像很擅長偵訊。」
「會嗎？我倒覺得只是成功地模仿了刑警連續劇。因為我從小就愛看電視。」
「不，就連難得誇獎學生的服部教官都很肯定妳。妳是有才華的。妳不想試著一展長才嗎？」
「您是叫我走刑警那條路？」
「是的。」
「我會考慮。失陪了。」
她行以一禮走向出口。
「還有。」
風間叫住她的聲音，和之前的音調有點不同。
「岸川常常收到信。」
她雖轉過身，卻不知該如何回答。
「寄那個的，是妳嗎？」
她感到眼前有點晃動不定。風間怎會知道？
不是。差點說出口的這句話，在最後一刻被她吞回肚裡。
「……是我。」

她只能承認。風間有一雙火眼金睛。對此人撒謊也沒用——。

「為什麼？」

「教官是指什麼？」

「妳為什麼要特地做這麼麻煩的事？如果對岸川有話要說，直接當面告訴她應該就行了。」

「那個，純粹，只是惡作劇。只是跟她鬧著玩的。」

風間從資料抬起頭，目不轉睛地看著她。

「因為沙織……岸川同學，是我最好的朋友。」

只要精神再鬆懈一點，聲音就要顫抖了。

4

眨眼時，眼球感到輕微的痛楚。這時才發現，自己一直把眼睛瞪得很大。

深深吐出一口氣。不用這麼緊繃，眼前的電話機也不會消失。

「這就是所謂的警電吧。」

指著桌上的電話機如此開口的，是坐在對面的石山。

「對呀。」

這個練習派出所的電話纜線，與校門旁電線桿架設的配線箱連接。箱上寫著「警」字。是和

NTT（日本電信電話）一般線路完全獨立的專線電話。

「這麼說來，費用是定額囉？」

「對。」

根據前期的學姐所言，警察電話的費用，不是依照通話時間來計算費用，而是根據每月簽的契約收費。

「那麼，就算講再久的電話也沒關係囉？」

怎麼會沒關係？只是費用沒差別罷了。

「應該可以打私人電話吧？」

「大概。」

不是大概。是的確可以打。若是撥〇，不只是警察機關，全國任何地方的電話都可接通。

「你想打給誰？」

果然，石山賊笑著豎起小指頭[7]。

「會被發現嗎？」

「廢話。」

遠地來的警察當中，好像也有人用警電打電話回家。不過，要打外線電話，必須透過警署內的總機。打電話期間，署內的顯示面板上好像會一直亮起通話中的燈號，所以如果講太久據說立刻會引起懷疑。

---

7 指妻子、女友或情婦。

「不然你打打看呀？」

如果不怕被開除的話。就在她正要這麼說時，警電響了。

「您好，這是練習所。」

還沒把電話貼到耳邊，已對著話筒如此喊道。

石山從對面把耳朵貼過來。另外四名男學生也一起彎腰把臉湊近。她感到距離近得超乎必要。除了唯一一個冷臉站在略遠處的都築，第三組的男生似乎全都不懂什麼叫做客氣。

「不好了。有人昏倒。」

話筒彼方傳來的是沙織的聲音。

「地點在哪裡？」

「第三教場。」

「我們馬上過去。請在那裡等候。」

放下話筒，忍站起來。六名男生，也紛紛重新戴上帽子。

走出位於正門旁的練習派出所，他們奔向本館的校舍。

無線電傳來風間的聲音，是在他們從門廳進入校舍內時。

「你們現在在哪裡？」

「在本館校舍一樓的走廊。」

「說說看臨場時的注意要點。」

「即便在前往現場的途中，也不可放鬆對周遭的警戒，要努力發現可疑人物。」

「很好。」

衝上樓梯抵達二樓時，明明沒跑多遠，卻已開始呼吸急促。大概是因為緊張吧。

「為什麼？」

從背後如此發話的是都築。

「你在說什麼？」

「為何特地叫我們從派出所出動？」

「你自己去問風間教官。」

雖然強硬地頂回去，其實打從剛才她也抱著同樣的疑問。

上課內容是「關於現場的初期搜查活動」。由第三組的七名成員代表大家實際演練。到此為止沒問題。

令人費解的，是命令他們在練習派出所待命的理由。起初上課時，和平時一樣是與別組一起在第三教場集合。那麼，直接把教場當成案發現場進行實習不就好了？為何要刻意叫他們從別的地點開始……。

「那個理由妳還是再多想一下比較好吧？組長大人。」

急促的呼吸下，傳來都築這樣的聲音時，走廊前方已可見第三教場。

「快到現場了嗎？」

「是的，教官。」

「都築在旁邊嗎？」

「他在。」

忍朝都築勾指示意，都築把耳朵貼近無線電。他的眼睛似乎也比平時瞪得更大。此人平日雖然擺出不動如山的態度，看來也並非毫不緊張嘛。

「都築，你說說看臨場後的措施。」

「首先要打一一〇向本部越級報告。通報時，要自己撥號，報上主旨、所屬階級與姓名後，把電話交給告訴人讓其直接通話。」

「接著該怎麼做？」

「旁聽告訴人與通信指令本部的通話內容，將案件或意外事故的內容與狀況，利用署活系[8]無線電等管道通知主管及同一勤務地點的同僚。同時注意告訴人的舉動，充分留意是否為誘出事案。」

他是在照本宣科。感覺就像是翻開腦中的教科書，也沒多考慮意義，只是讀取文字，直接說出口。

抵達教場門前，她打開門。

半張著嘴呆立原地，是因為目睹的情景，與想像中差了十萬八千里。

桌椅被推到教室後方。黑板前騰出空間，那裡躺著扮演被害者的學生——她本來想像的是那個樣子。

---

8 署活系（署外活動系）乃警署與正在署外活動的警察或警察彼此之間聯絡用的通信系統。

但是，眼前的教場，並無特殊異狀。桌子與椅子，一如平日開始上室內課時，排得整整齊齊。在她想像中，一直以為其他小組的成員及風間正在此等候，結果卻不見人影。當然扮演報案者的沙織也不在。

「大概是叫我們自行想像吧。」都築隔著制服帽抓抓頭。「據說這就是現場。」

想必，應是這樣吧。

他們沒有立刻走進教場，先在走廊套上手套與鞋套、帽子。接著拿衣刷把制服上的毛髮與線頭撣落。再拿魔鬼粘清理褲腳後，這才終於跨過門檻。

七人分頭巡視桌椅之間。

確認沒有學生倒在地上後，忍按下無線電的發話鍵。

「教官，臨場地點，真的是這裡嗎？」

「你們現在在哪裡？」

「第三教場。」

「通報的內容是怎樣？妳聽到的案發現場是哪裡？」

「……第三教場。」

她一度閉眼，用力咬唇後，再次開口：

「那麼，沒有任何人在場，請問是什麼原因？大家都在哪裡？」

「全部都在升旗台前集合。」

「恕我冒昧，跑去那麼遠的地方，是為了參觀實習嗎？」

她把耳朵貼近肩上的無線電等待，但風間似乎不會再回答。

忍忽然心生一念，脫下手套。也脫下鞋套與帽子，走出教室。

「喂——等一下！」

她不聽石山等人的呼喚，只留下一句：「跟上來，快點！」就沿著來時路往回跑。跑過門廳，回到練習派出所。

「沒頭沒腦地，被妳，丟在現場，我們，可是，很困擾，組長大人。」

在派出所入口前，上氣不接下氣這麼抱怨的石山背後，其他成員終於也出現了。

「喂，你去打電話回家試試。」

石山擠出苦瓜臉。「現在是翻那種舊帳的時候嗎？」

「沒事。是我這個小組長准許你。我負責，你打吧。」

忍鑽過石山身旁，奔向操場。

接近升旗台前聚集的風間與其他組學生後，身後立刻有石山的聲音追來。

「喂，小組長，這種情況，我想打也不能打耶。」

忍不管他的叫喊，朝著風間身旁的學生——沙織的身影，繼續邁步。

沙織身前抱著一個黑色物體在等著。是電話。走到可以踩到沙織影子的位置後，沙織把那台電話遞過來。

忍接下的，顯然正是剛才還放在練習派出所的警電。

背後響起「哼」的一聲。用不著轉頭看也知道，這樣短促嗤鼻一笑的是都築。似乎只有他，看穿了這次實習的真面目是所謂「誘出事案」的調虎離山之計。

把謊報案件發生的電話當真，派出所警察全體出動臨場後，唱空城計的派出所隨即遭竊。這種案件，其實經常發生。被害物品若只是腳踏車或電話想必寫寫悔過書便可了事。但是，如果失竊的是手槍，就算署長的位子不保也不足為奇。

「凡是警察出動的地方都會成為現場。記住這點絕對沒害處。如果你們不喜歡寫悔過書的話。」

派出所也同樣是現場。

「……我會銘記在心。」

她感到手上的電話格外沉重。

5

她小跑步沿著夕陽照射的走廊前進。

「辛苦了。」

「辛苦了。」

一邊與錯身而過的學生打招呼，來到通往體育館的走廊後，忍放慢腳步。四步以上的移動必須用跑的——對於節省時間而言這是好規定，但肌肉酸痛的雙腿卻有點吃不消。

正要經過訓練室前時，在臥式舉重的角落發現宮坂定的側臉。室內，沒有別人。

忍走近那張側臉。巡邏車可以等一下再打蠟。

「你還好嗎？幹嘛那樣逞強。」

忍一邊出聲，一邊瞥向宮坂的右手。不知是哪裡受傷，手腕戴的護腕露出一截繃帶。

「這不算什麼。」

「就算沒事，一個人練臥式舉重也很危險。」

忍說著，這次不是從旁邊，而是站在宮坂的頭部俯視他。

「要我當助手嗎？」

宮坂搖頭。忍無視他的答覆，輕輕伸手扶著槓鈴。

「這間學校，預算是不是用錯地方了？」

「怎麼說？」

「臥式舉重床起碼該裝個安全桿才對吧？可是車庫卻是機械式立體停車場。明明空地還多得是。」

「那種抱怨妳應該去跟校長說。」

宮坂抖動臉頰舉起槓鈴。

「對了宮坂，上次，到底發生了什麼事？」

妳在說什麼？宮坂的表情如此質疑。

「我是說平田。那個人，也沒和大家打聲招呼，突然就退學了不是嗎？」

宮坂瞬間飄忽的眼睛，被忍眼尖地看得一清二楚。

「平田離開，是這週二的事吧？他其實挺努力的，為什麼會走呢？我有點好奇。跟他最要好的就是你，所以我想你也許知道其中原因。」

「這是妳拿手的偵訊嗎？」

說完後，宮坂哼了一聲，再次舉起槓鈴。

「女子宿舍裡，已經流言四起了。大家都在猜測那前一晚，八成發生了什麼事。你忘啦？那晚教官不是叫我們跑二十五圈操場嗎？之後，立刻就有人看到了。」

「看到？看到什麼？」

「一張告示。據說就貼在男生宿舍門口。上面寫著『內有有毒氣體產生』。」

宮坂閉上眼。大概是不想被人看穿內心的動搖吧。

「若說只是惡作劇未免太惡質了。其實，該不會是有人鬧自殺吧？」

宮坂咬緊牙關，再次舉起槓鈴。表情無法判讀。

「宮坂，你這人只要對自己不利就會什麼都聽不到。真是方便的耳朵。算了，剛才說的也不重要——然後，我想再問你一件事。」

「什麼？」

「你真的是風間教官派來臥底的？」

宮坂睜開眼，想把槓鈴放回架子上。但忍阻止他。

「回答我。」

「放手。」

也許是手腕痛，宮坂的臉孔扭曲。忍置之不理，逕自把自己的體重加在槓鈴上。

「我問你，你到處打聽，什麼事都會向風間教官打小報告吧？大家都在私下議論你喲。你不知道嗎？」

「放、手！」

寄給學生的郵件，會送到通稱「通信」的房間。學生聽到校內廣播後，再去通信室領取。如果正好有事無法在聽到廣播後趕去，事後就由指導教官轉交給當事人。想必，風間也曾把信交給沙織。

不管怎樣，風間絕對有可能知道沙織收到信的事。這點並不稀奇。

但那是匿名寄出的信。不可能連寄信人是誰都看穿。

然而風間還是發現了。

箇中原因，說不定這個宮坂會知道。

「就在最近，你也向風間教官告密過吧？」

忍把體重更用力壓在槓鈴上。宮坂的雙手已落到胸口的位置。鎖骨一帶稍微被鐵棒壓到。

「痛苦嗎？說出真話我就幫你。」

嗚！咳嗽般的呻吟自宮坂的口中冒出。

「說實話！你打了誰的小報告？內容是什麼？」

「妳……說的……誰……是指……誰？」

忍直視宮坂的眼睛，以此回答他的質問。

「我……什麼也……沒說。」

當宮坂這麼說時，眼睛並未飄開。看來應該不是謊言。

「好吧。我只是開開玩笑。」

忍替他把槓鈴抬到架子上。

宮坂坐起上半身後，好一陣子都在用力聳動肩膀。最後他把毛巾搭在脖子上，開口說道：

「妳恨風間教官嗎？我懂。畢竟之前的臨場課，他讓妳很丟臉。」

「那種事我才不在意。」

「不管怎樣，楠本，妳最好有心理準備。」

「……什麼意思？」

「我不知道妳幹了什麼好事。但是，一旦被風間教官盯上就完了。妳絕對逃不了。一定會被他看穿。」

宮坂朝腳邊的水瓶套子伸手。

「不過，那也沒辦法。學生一旦有可疑的舉動便得徹底調查。那本來就是指導教官的職責。」

宮坂從套子取出水瓶。

忍看了，不禁懷疑自己的眼睛。宮坂正要送到嘴邊的，不是普通的寶特瓶，是綠色容器——廁所專用清潔劑。

「慢著！你在想什麼！」

忍雙手往前伸，企圖阻止宮坂。但宮坂卻不管不顧地喝下瓶中液體。

「是水啦，只是普通的水。」
宮坂說著，以手背抹唇，忍狠狠拍打他的肩膀。
「這已經遠超過所謂的低級趣味了。你居然用這種容器！」
「這個啊，是我的護身符。」
「啥？莫名其妙。」
「楠本，妳講得沒錯，我是風間教官的間諜。不，其實也沒那麼誇張。我只是奉教官之命，把我留意到的事項向他報告。」
宮坂再次舉起清潔劑的瓶子送到嘴邊。
「當時，我只是分開向教官報告了兩件事。有人私藏泡澡劑帶進學校，廁所清潔劑不見了。這兩件事我是分開說的喔。但教官立刻把那兩件事聯想到一塊。一下子就識破真相——有人企圖製造硫化氫。」
宮坂說到這裡，驀然，以容器輕敲忍的大腿。
「好痛！你幹嘛！」
「到現在還肌肉酸痛吧？」
「嗯。」
「我也是。跑操場二十五圈。妳可知風間教官為何突然做出那種命令？」
不知道，她搖頭。
「是為了搜證。叫我們去跑步的期間，教官搜查了男生宿舍的房間。然後，他把平田偷藏的清潔劑裡面的液體換成水。」

「……你在唬我吧？」

「是真的。唉，我也因此撿回一條命。所以，這個瓶子，裝滿了我當時稍微嘗到的地獄滋味。所以說它是護身符。」

宮坂對著手上的容器，咧嘴一笑。但是緊接著已開始嘀嘀咕咕自言自語。他那個樣子，令忍不禁倒退半步。

然而，宮坂從容器抬起頭時，臉上的表情已看不見剛才隱約流露的瘋狂。

「和當時的體驗相比，就算挨幾十下耳光，或是叫我連做幾百次伏地挺身，都只算是小意思。今後，即便在這個學校碰上再怎麼痛苦的事，我也能夠熬過去。——楠本，妳其實打算當刑警吧？」

「才不是。說不定，我也會像平田一樣退學。而且就在不久的將來。」

「是嗎？那太可惜了。我立志當刑警，所以本來還覺得妳會成為好對手。」

「真遺憾。如果我真的打算當刑警，那又怎樣？」

「那我想給妳一個建議。妳也該擁有一個護身符。少了妳這個對手，我會很沒勁。」

宮坂再次在臥式舉重床躺下時，門口出現幾人的動靜。

忍與進來的那群人擦身而過，離開訓練室。

穿過體育館就是車庫，這是一座寬十公尺、深四公尺的長方形建築物。每次看到這個，總會聯想到羊羹。

從鐵捲門旁的小門進去，不免慶幸自己穿著長袖運動衣。地面與牆壁都是光禿禿的混凝土，因此空氣相當冰冷。

學校擁有的七輛車，分別停放在地面一層、地下一層的升降・橫行式停車格。現在上面三輛，下面四輛的車子中，她要找的那輛練習用警車，就停在地上右邊的停車格。

她開始替那車身打蠟。這是下週一的第一堂課，路檢實習要用到的車。週六週日她要離校，所以現在不打蠟就沒時間了。

她很討厭汽車，但是使用車子那天正好輪到她當教場值日生，所以只好硬著頭皮進行這項作業。

不過讓她耿耿於懷的，還是風間。

果如預想，平田似乎企圖用硫化氫自殺。結果被風間阻止了。但風間不是好言勸阻。而是私下將清潔劑的液體調包，默默旁觀平田的反應。那就是風間的做法。

或許他是個性格彆扭，令服部之流望塵莫及的男人。

突然間，她感到腳下猛然一沉。現在自己站的車格開始下降。

忍慌忙跳到旁邊的車格。

似乎有人沒發現自己的存在，便逕自操作機械式升降車位。但是，轉身向後一看，即便朝操作鈕的位置望去，也不見人影。

是機械故障嗎？

不管怎樣，都得把已降至凹槽的警車重新弄到地面上。忍朝操作鈕那邊邁出一步。

背後感到猛然衝擊，就是在那一瞬間。

她甚至無暇回頭。當她醒悟是被某人推的時候，她已跌落凹槽底部足有兩公尺深的高度。

她以歪七扭八的姿勢著地後，額頭貼著警車的輪胎，不禁呻吟了一會。掉落時膝蓋撞到車前引擎蓋，感覺很痲。

她用一隻腳勉強試著站起。為了爬上去，她姑且設法攀住頭上的車格。

這時，那個車格開始往旁邊滑去。這樣下去會被機械夾住。

她的手臂用力，試圖盡快爬上去。

但是，身體無法繼續前進。

理由很明顯。某人的手，死命壓住了她的頭與脖子。

她抬不起頭。只能看見對方的腳。穿著與自己一樣的運動褲，同樣的鞋子。

她只好鬆手放開車格，準備再次跌落凹槽。

但她沒掉下去。抓住她脖子的手，這次迅速插入了她的腋下。

自己的模樣在腦海閃現。被機械夾住胸口的模樣。這麼一想像，頓時感到呼吸格外困難。

她用一隻手搜尋運動褲口袋。碰觸到硬物。她取出。不是防身用的噴霧器。是手機。

那隻手被鞋尖踢開。手機落到稍遠的位置。

她的手肘用力。好不容易讓上半身爬上車格。保持那個姿勢，再次把手往口袋伸。這次她抓到噴霧器。她抬眼瞄準應該是對方臉部的位置。猛然噴出。

呻吟聲響起。頭部與肩膀的壓迫感消失了。這下子身體可以自由活動了。

下半身還留在凹槽中。她再次將手肘用力向前頂出，試圖以匍匐前進的要領爬上去。大腿內側感到機械車位冰冷的觸感，就是在手肘即將碰到地面的前一秒。

6

醒來時置身在黑暗中。

她覺得很冷。喉嚨為何痛得要命……。

她想起來了。是因為大聲呼救。

她盡可能大叫，最後聲嘶力竭，不知不覺失去意識。

還來不及逃出就已被機械夾住的雙腳，現在不知怎樣了？她很擔心。但是，她太害怕，甚至不敢把視線轉向那邊。

幾乎感覺不到疼痛。也許是因為完全麻痺了。

她試著稍微動一下。竄過神經的，是異樣的冰冷而非疼痛。

她把臉湊近手錶。螢光式指針，已過了十一點。算來她已暈厥五個小時。

晚點名時間早已過了。那麼，一定已經開始搜索了吧。

晚點名時沒看到她出現，一定會立刻搜索她的宿舍房間。不能讓人打開觀音。因為裡面放著預定明天寄出的恐嚇信……。

眼睛習慣後，她在黑暗中隱約看見一樣東西。是手機。她試著伸手。

要抓住手機，手臂必須再伸長五十公分。

她緩緩脫下運動衣，盡量不讓身體的晃動影響下半身。

依照拋魚網的要領罩住手機，試著拉扯袖子。

一度失敗後，再次丟出。

這次外套拉鍊順利勾住手機的邊角。

只要這樣做便能拿到手機了。為何暈厥之前沒想到呢……。

她無暇懊悔。檢查電池信號，發現還剩一半電量。顯示收訊狀況的信號，雖然只有一格好歹也出現了。

「是楠本嗎？」

她打去學校事務室，嘟聲還沒響就被接起了。是風間的聲音。

「我到處找妳。妳現在在哪？」

「車庫。」

她說左右大腿都被機械夾住了。

「那是幾點的事？」

「六點半左右。」

她回答的聲音帶著不耐煩。有空問時間，不如趕快來救她。

「妳等著。我現在派人過去。」

「麻煩您了。」

「妳怎會被夾住？是意外嗎？」

「……不是。是被人害的。」

「是誰？」

忍吞下黏稠的口水。

「岸川嗎？」

是的。噴出防身噴霧時，視野一隅捕捉到偷襲者的臉孔。正如風間所言那是沙織。

「楠本，今天晚點名時沒出現的，不只是妳。岸川也消失了。行李都還在。妳和岸川之間發生了什麼事？告訴我。」

這時，鐵捲門旁的小門開了。隨即亮起燈光，可以清楚看見站在那裡的人物。

是宮坂。左手拿著對講機，右手拿著看似文件的東西。

「救我！快點！」

宮坂走過來。

「你在幹什麼？不是這邊！是那邊！」

忍伸出手，指向機械車位的操作鍵面板。

但宮坂還是筆直走近她。然後，在手機之前掉落的位置駐足後，一邊俯視著她一邊把對講機拿到嘴邊。

「在車庫發現楠本了。果然被機械車位夾住了。」

果不其然，對講機那頭的人好像也是風間。

「你還杵著幹嘛！」

忍從下方瞪視宮坂，對著他的腳邊扔出運動衣後，重新握緊手機。

「教官！請你對宮坂說。叫他趕快按下按鍵。拜託。」

「很痛苦嗎？」

「那當然！」

「別拿宮坂出氣。他是聽我的指示在行動。」

「教官──」

「我還沒聽到妳的回答。妳和岸川之間出了什麼事？告訴我。只要說出來我就讓宮坂按下按鍵。」

她簡直無法相信自己聽到什麼。這分明是──牢問。

風間似乎對宮坂下達了某種指令。宮坂朝對講機輕輕點頭後，原地蹲下，把右手拿的紙張放在地上。

幾乎同時，手機傳來風間的聲音。

「那是從岸川的房間找到的。」

宮坂放在地上的，是自己寄給沙織的信。還有信封。

「我記得妳說過，只是跟她開個玩笑對吧？可是，就內容看來，好像並非如此。」

「為什麼……」

「為什麼我知道是妳寄的？妳是想這麼問吧？」

風間似乎再次對宮坂下令。只見宮坂拿著一個信封，湊近她的臉。

「還是塞著嗎？」

風間大概是在說她的鼻塞。

「沒有。」

「那妳應該懂吧？」

「……是。」

信封散發薄荷的氣味。

她回想桌子抽屜。的確，信封信紙是壓在薄荷油的瓶子底下。

把信封交給沙織時，風間就已注意到上面沾染的氣味。然後，昨天撿起的手帕也散發同樣的氣味。所以他才猜出寄信人是誰。

沙織或許也是基於同樣理由發現的。就在昨天，她開玩笑坐在沙織膝上時。從口袋冒出的手帕氣味，或許被沙織聞到了。

「說話！」

忍把臉撇開，避著信封，開口說道：

「沙織開車撞死人。那是我的未婚夫。」

當時在現場目睹的一切，至今清晰烙印在視網膜。

那是兩年前的六月六日。地點在大馬路後面某條人煙稀少的後巷。屆滿三十歲的和馬，在那裡開了設計事務所。

就在她前往事務所，準備找和馬一起吃午餐時。從建築物走出的和馬，帽子被風吹跑了。

追著帽子跑到路上的他並沒有錯。錯百分之百是在那輛以高速駛來的氧化鐵紅色的廂型車。是那輛車在單行道逆向行駛。

「妳看到駕駛的臉了嗎？」

「沒有……」

關於握方向盤的人物外型，她只知塊頭很大，以及，是個女人，就這兩點。

「那麼，妳為何可以斷言是岸川？」

「我當然可以。因為車型，與顏色。」

那輛車肇事逃逸，消失在轉角的過程中，她一直以目光追隨。雖未看見車牌，但車尾的形狀，以及最重要的車身顏色被她深深記在腦海。不是磚紅色也不是蝦紅色。是氧化鐵紅色。

這雙做室內設計訓練出來的眼睛，哪怕是再怎麼微妙的色差也能分辨出來。逃走的車子與沙織的車子，兩者分明是同色。

和馬被撞時，是個陰天，時間是在午後一點多。與沙織的照片條件相同。所以更加不可能有錯。

「妳是抱著什麼盤算寄信？」

「可以救我了吧！」

「妳是怎麼盤算的？」

「我不想說。」

「上課時聽過了吧？」

「聽過什麼！」

「『好警察、壞警察』的故事。」

「是。」

「妳讓那些信扮演『壞警察』。然後自己扮演『好警察』，假裝是支持岸川的。於是，岸川總有一天會把真相告訴妳——妳是這麼盤算的吧？」

「答對了。您說得沒錯。好了，我已經全部都說了。快點救我！我快冷死了！」

現在感到的寒意一部分是風間帶來的。他究竟看穿了多少？和此人說話時就好像全身衣服都被剝光了。

「現在妳應該可以老實說了吧？」

「到底要叫我說什麼！」

「妳不惜辭去之前的工作立志當警察的真正理由。」

和馬死後，她什麼也不想做。工作也辭掉了，緊閉窗簾窩在房間，整天只是這麼呆坐著。好不容易找到一件想做的事，是在這樣過了整整一個月之後。

「我想親手將嫌犯……」

「逮捕到案嗎？」

「……是的。」

身為普通老百姓，那肯定不可能。唯有成為擁有搜查權的警察，才是達到目的的唯一方法。

「妳接下來打算怎麼做？」
「退學。因為我的任務，已經結束了。」
沙織似乎逃走了，但被捕應是遲早的問題。等她被逮到，肯定也會說出駕車肇事逃逸的事。
「妳不想留下嗎？」
「不想。別扯那個了，請趕快命令宮坂！叫他按下按鍵。快點！」
「楠本。」
「怎樣啦！」淚水奪眶而出。「到底有完沒完啊，真是夠了！」
「妳的任務真的結束了嗎？」
「……什麼意思？」
「妳為了逮捕嫌犯而進警校。結果同期之中湊巧就有那個嫌犯——這麼巧的事，妳認為現實生活中真的會發生嗎？」
「說這種話有什麼用，實際就是發生了我也沒辦法呀！」
駕駛者的外型。車子的形狀與顏色。這麼多條件都吻合了。嫌犯就是沙織。毋庸置疑。
宮坂似乎再次接到指令。只見他微微頷首，在信紙上又放了什麼。
是照片。共有三張。三張拍的都是沙織以及車子。
「那也是在岸川的房間找到的。」
忍盯著照片。三張，都是和自己見過的那張照片在同一時間拍攝的。不同之處有兩點。一個是拍攝者站的位置。另一個是車子的顏色。

「為什麼……」

聲音不受控制自行冒出。

一張是焦茶色。

另一張是橙色。

還有一張，幾乎是全白。

三張照片裡的車身顏色全都不同。沒有一張是氧化鐵紅。

那麼花俏的顏色，太丟臉了——醒悟沙織這句話是什麼意思的同時，照片也從手中掉落。

忍把手機自耳邊挪開，拿到眼前。

與這支手機一樣。沙織從哥哥那裡接收的車子，使用了偏光性塗料。會隨著觀看的角度不同而變色。

另一方面，撞死和馬的車，始終是氧化鐵紅色。兩者顯然是不同的車輛。

「自以為是對刑警而言是致命大忌。妳要牢記這點。」

「可是，可是……既然如此，沙織為什麼要攻擊我？如果她不是肇事者，為什麼！」

「當然是因為妳背叛了她。」

如此憤然撂話的是宮坂。

「楠本，我再問一次。妳要離開嗎？抑或留下來，挽回這次失敗？」

「我怎麼可能留下？」

自己是一個會寄恐嚇信給別人的人。

「我很看好妳。妳走了太可惜。如果還想繼續念，就算拄著拐杖也要給我回來上課。」

「剛才我都已經說了要退學！」

但是，別以為她默默離開就沒事了。她一定要讓世人知道，用這種方法逼她自白的風間有多麼冷血無情。

「救我。饒了我吧。」

當額頭貼在水泥地面時，一滴淚水，落在照片上。水分，令那個部分的車身顏色，從焦茶色變成氧化鐵紅色。

「放過我吧……。拜託……」

然而下一瞬間，變成氧化鐵紅色的車身，已化為模糊難辨的顏色。

第三話　蟻穴

1

六月十二日　星期五

今天開始上自動兩輪車駕駛講習課。每個月有兩次，可以在上課時騎我最愛的摩托車。有種朝憧憬的白車隊員[9]接近一步的實感，非常開心。不過，今天的講習意外挨了一記突襲。是蛀牙。昨天還好端端的臼齒，在抓著摩托車龍頭的途中，突然開始陣陣刺痛。

下課後，回房間照鏡子。看著略腫的臉頰，我想起的，是某位前輩的身影。那是與現在的我一樣立志當白車隊員的學長。他在幾年前，玩滑雪板摔倒時，發生輕微的視網膜剝離。幸好，那個傷勢（或者說病情），大致康復了。但是最後，學長沒有被推薦成為隊員。

這麼說或許對不起學長，但也沒辦法。那麼大的摩托車，必須用那麼快的速度駕駛。白車隊

9 白車隊員是隸屬於警視廳及各縣市警察本部交通部交通機動隊、高速公路交通警察隊，以白色警用摩托車執行勤務的警察。

員在肉體上必須十全十美。

所以，起碼在身體管理方面我也打算徹底小心。幸好明天是週六。上午就去看牙醫吧。

話說，下週要增加救難訓練的課程。P－REX派遣的教官會來替我們上課。那是好消息，但另一方面，恐怕也會讓身體更吃力，所以在健康方面，或許必須更加小心才行。

＊

鳥羽暢照閉上眼，將意識集中在耳朵。

嘩啦……嘩啦……嘩啦……。他專心追逐那以一定的間隔靜靜傳來的水聲。

正如他在日記上宣言的，上週，他在週六去看了牙醫。所以臼齒已經不痛了，臉頰也已完全消腫。

他的臉頰，現在開始感到某種東西。是微微的風壓。

但那是想像中的風。這裡是室內泳池。不管站在何處，氣壓都保持一定。

現在在泳池內，擔任教官的警部補貞方，正從一名學生背後抱著他游泳。從水聲的位置判斷，兩人應該差不多抵達對面的池畔了。

鳥羽緩緩睜眼，朝站在旁邊的稻邊隆那張俊秀的娃娃臉耳語：

「二一．八公里。」

那是從臉頰承受的風壓算出的答案。

稻邊瞥向手上的碼表。然後，過了一會才回話：「答對了。」

之後，貞方與扮演溺水者的學生，從對岸回到這邊的池畔。
「懂了吧？剛才是水中救難的基本。」
從水裡上來後，貞方也沒用水抹去眉毛滴落的水，喀喀喀地轉動脖子。
「換言之，要從被救者的背後抱住對方的胸口游泳。看似簡單，實際上正好相反。一旦溺水，任誰都會陷入恐慌，想要緊抓著救助者不放。因此——」
貞方將雙臂交抱在厚實的胸前。那是彷彿將許多條粗大的橡皮筋撚成一股而成的手臂。縣警特別救難大隊，通稱P—REX（Police Team of Rescue Experts）的隊員。光看那渾身肌肉也可想見，他們平時是累積了多少訓練。
「接近溺水者時，就算再怎麼小心也不為過。因為弄得不好連自己也會浮屍水中。聽好，這點一定要牢牢記住喔。」
「是！」
以鳥羽為首，成排站在池畔的風間班學生三十五人齊聲喊道。
「對了，剛剛私下交談的傢伙，是哪個？」
不知幾時，貞方的眉間已擠出深刻的川字形皺紋。
啪！撞擊池壁的水聲聽起來格外響亮。是因為大家都保持沉默。
「再不老實報上名來，每人十記耳光。」
鳥羽吞口水。剛剛明明講得那麼小聲，沒想到他還聽得見。
斜眼一瞄稻邊，他似乎已有覺悟。察覺稻邊的動靜後，鳥羽上前一步。稻邊亦然。

「是你們兩個嗎？叫什麼名字？」

鳥羽、稻邊依序報上姓名。

「我剛才好像聽到什麼『公與』，那是什麼意思？」

鳥羽開口：「是我說二・八公里。」

「所以我問你那到底是什麼玩意？」

「我只要聽到東西移動的聲音，便知道移動速度。剛才貞方教官是以時速二・八公里游泳。我就是在估算那個速度。」

「你的綽號是什麼？碼表君嗎？」

「不。我沒有綽號。」

「那麼，是真的嗎？」

「啊？」

「我是問那個數值正確嗎？你說的那個時速二・八公里。」

「是正確數值。」這次是稻邊開口。「教官十公尺游了十二秒八六，所以換算成時速大約是二・八公里。」

「噢？」貞方把臉轉向稻邊。「我來猜猜看你的綽號。是人形計算機吧？再不然就是算盤佬。是哪一個？」

「都不是。」

「不過話說回來，你的腦筋動得可真快。佩服佩服。你這麼擅長心算嗎？」

「不算難事。我的珠算上段。」
他的語氣變得有點喘。
「你和鳥羽，交情很好嗎？嗯？計算機。」
「是。」
「算是最好的死黨嗎？」
——是吧？
點頭的同時，稻邊朝鳥羽短暫一瞥徵求同意。
貞方這廂，卻一直把臉對準稻邊，只是靈活地將聲音拋往旁邊。
「鳥羽，我問你，你那一招是跟誰學的？」
「白車警察。」
貞方的動作停止。他在思考這個答覆的意思。鳥羽開口想補充說明。但貞方搶先一步。
「稻邊。」
「是。」
「你雖然厲害也沒計算過某樣東西吧？」
「您、您是指什麼？」
「肺活量。你自己的。」
「沒有。」
「要試試嗎？」

稻邊翕動嘴唇。但是沒有立刻回答。

「你想試試吧？嗯？」

終於說出口的那聲「是」，微微顫抖。若非面對最怕的水，劍道與珠算一樣也有二段功力的稻邊應該不至於發出如此軟弱的聲音。

「好，那你下水吧。」

貞方用手指的，是水最深的地方。

稻邊自腳尖緩緩滑入池中後，開始游狗爬式。只見水面下的手腳動作超乎必要地激烈。但身體卻往下沉，只能勉強讓頭浮出水面。

見稻邊這樣，貞方在池邊蹲下，輕輕按住他的泳帽。

「你現在，給我潛到池底。不過，不准立刻浮起。待會這個鳥羽會去救你。在那之前絕對不准把頭浮起來。如果浮起來了，全班都要挨耳光。那都是你害的。」

稻邊只能以目光表示同意。怯意甚至令他連脖子都無力轉動。

「那，你去吧。」

盡可能將臉頰充氣，臉孔甚至已扭曲變形的稻邊，消失在水面下。這是考量到水中救難訓練而設計的泳池。最深的地方超過三公尺。

「所謂的連帶責任，真是個好名詞。」

貞方站起來，轉向這邊。

「好了，繼續剛才的話題。你好好解釋一下給我聽。你提到白車是什麼意思？」

「白車隊員做SP時，會以耳朵聽輪胎聲。這是我以前聽說的。」

貞方像趕蒼蠅似地在臉前揮手。

「先別急。你說的SP，又是什麼玩意？很抱歉，我一直待在救難大隊，對交通機動隊的事一無所知。拜託你講清楚一點，讓其他領域的人也聽懂。」

「SP就是取締超速。白車隊員逮捕超速車輛時，會在路旁躲起來埋伏。不用直接看車子，光聽輪胎的聲音就能判斷車速。平時就是這樣訓練的。」

雖然舌頭打結，還是盡可能迅速講完後，對面的貞方緩緩點頭。

「好像是。我也聽說過。」

「我小時候，聽說這件事後，就開始模仿。自己玩起了聽到會動的聲音就猜速度的遊戲。」

鳥羽說著，朝稻邊的腦袋消失的地方凝神注視。天花板的燈在水面漫反射，所以要發現水底浮上的氣泡並不容易。

「那樣玩久了，不僅是車輛的輪胎聲，就連別人走路的腳步聲、游泳的水花聲，我也可以猜出速度。」

「原來如此。不過，還真虧你學得會。你的耳朵和腦袋，到底是怎麼做到的？」

這是個問題嗎？或者只是貞方自言自語？若是問題，他恐怕答不上來。把耳朵得來的訊息，變換成臉頰承受的風壓，再換算成速度。就算用言語來說明那種感覺，對方想必也無法輕易理解。

「你會起意做那種模仿，這表示你也——」

「對。我想成為白車隊員。」

嘴上接著貞方的話往下說，眼睛卻還在追逐水面浮上的氣泡。

旋即，貞方無預警地伸出粗臂。當他霍然一驚時，貞方骨節粗大的手指已捏起他的腹部皮膚。

「你的體重多少？」

「八十左右。」

「你的體脂肪有點過高吧？不過，以你的情況，想必有引擎與車輪代替你跑所以或許不成問題。但你若是當不了白車隊員，這個體型會很慘喲。你要再練結實一點。」

「是。教官如果沒問題了，請讓我去救稻邊。」

他的視線在水面與貞方之間忙碌穿梭，一邊說道。貞方似乎壓根沒聽見，在胸前重新交抱雙臂。

「你是什麼時候立志當隊員的？」

「小學五年級的秋天。」

「起因是什麼？」

「有一場展示警用車輛的活動，我湊巧去參觀。教官，稻邊他——」

「你去參觀那場活動，然後呢？啊？你講清楚一點。」

「我獲准坐上白摩托車，坐起來的感覺，非常舒服。我覺得，這裡，就是將來自己該待的場所。教官，拜託。請讓我去救他。稻邊會死！」

「你說過和稻邊是死黨對吧？你們為什麼會交情特別好？那個起因也說來聽聽。」

——是螞蟻。

他差點這麼回答，卻把話吞回肚子裡。這時候不能再說出沒頭沒腦的話。萬一教官繼續追問下去，稻邊真的會淹死。

「就是感覺特別合得來。」

哼。貞方無趣地點點頭，朝泳池努動下顎。

「去吧。」

他的話還沒說完，鳥羽已向前邁步。

他一頭跳入水中，朝著水底，埋頭拚命划水。

當他朝幾乎已翻白眼的稻邊伸出手時，水壓令耳膜竄過劇痛，但他已無暇張口舒壓。

2

六月十九日　星期五

這星期從一開始就搞砸了。週一第二堂的水中救難訓練，因為私下交談，被貞方教官訓了一頓。也連累了稻邊巡查。因為是我先找他講話的。

所以，我本來已勞記在心，不容再失敗了。可是，今天第四堂課，使用模擬住宅做犯罪搜查實習時，我又出了大紕漏。我無法成功採集指紋，焦急之下，不但未驗出重要證物，反而還把指紋抹消了。結果，和我同組的成員都被服部教官臭罵一頓。

我真的能夠順利畢業嗎？我已漸漸失去信心。算了，事情已經發生也沒辦法。重要的，是今後，我必須不慌不忙保持平常心。這樣在自習室豎耳靜聽，分秒刻畫夜晚的時鐘聲格外清晰，令人心情安寧。我渴望永保這平靜的心情。

＊

寫完日記，鳥羽用夾子夾住稿紙右上角。格子裡的字跡，比入學前好看多了。選擇書法社團果然是對的。

把稿紙邊上弄整齊後，重新放在桌上。花時間慢慢重讀。

每晚寫日記，在隔天早晨的班會交出，是這裡的規定。不上課的週六週日，會在宿舍門口設置收稿箱。

瀏覽學生日記的不只是指導教官。其他教官之間也會傳閱。不知到底會被誰看到，所以不能亂寫。

重讀兩次後，他拿起橡皮擦。

「勞」記在心應該是「牢」記才對。還有，指紋不是「採集」應該是「採取」。好險。如果有錯字或漏字，只要發現一處，就得罰做二十次伏地挺身。

字面固然如此，內容當然也不容輕忽。按照規定，日記只能寫出事實。如果有誤認的記述，那可就不只是伏地挺身了。整晚，都得在宿舍走廊罰跪。

應該沒有弄錯任何事實關係吧？水中救難是週一的第二堂課，沒錯。犯罪搜查也是今天的第四堂課沒錯……。

最可怕的，是文中出現實際沒有的事，也就是捏造的內容時。一旦被發現就會遭到退學。公文的確是正確第一。不能如實寫出文章的人，警界不需要。這個道理可以理解。

但是，再怎麼說，直接開除也太嚴厲了吧？

為了避免誤認與捏造，只能寫主觀的感想。但是，只寫那些的話，對於不擅長寫作文的人會很吃力。不僅得花很多時間構思文章，也湊不出規定的字數。

植松當班導時，要求大家一定要以敬體書寫，風間接棒後撤銷了那條規定。與植松在時不變的是分量。四百字稿紙必須寫滿五張以上。對於不擅長寫作文的自己而言，加上語尾敬詞書寫至少可以多湊一點字數。

一看時鐘，已經快午夜十二點了。

在快要十二點的時候還沒睡。僅只是這樣的小事，在警察學校這個場所，已算是新鮮體驗。不過延長熄燈時間至一點的理由，若非「考試前」而是別的，那就更好了。

差不多該回房間睡覺了。鳥羽自椅子起立。

正要走出自習室時，不經意向房間後方一瞥，好像看到最後一排有運動服的手肘。似乎有人在。

「先驅第一宿舍」一樓的這間自習室，與學校教室一樣，桌子是以五列五行的方式排列。但每張桌子都有隔板，所以看不見是誰在使用。

之所以想停下腳步，是因為從手肘往肩頭看上去，似乎瞥見俊秀的娃娃臉。
那肯定是稻邊。
輕輕向他打聲招呼吧……。
但是，這時鳥羽的身體已有一半來到走廊上。稻邊似乎也沒發現他，所以鳥羽想想覺得算了，逕自離開自習室。
回到自己的房間，把教科書與筆記本放進觀音中，繼而取出挖耳棒。
慎重插入左邊的外耳道。挖出的耳垢帶有濕氣。
拿面紙擦拭棒子前端後，正準備挖右耳時，有一邊的牆壁傳來咚咚聲。是隔壁鄰居石山在敲牆。
「鳥羽，剛才的你聽見沒？」
也許是邊吃麵包當消夜邊講話，石山隔牆傳來的聲音有點含糊。
什麼？他還來不及如此反問，石山已繼續說道：
「我看那個呀，八成是電動腳踏車與輕型小汽車。大概是迎面相撞吧。」
鳥羽開窗，窺視外面。環繞校舍的鐵絲網圍牆與樹林擋住視野看不清楚，原來如此，好像發生擦撞，傳來某人的說話聲。
「說不定是為了詐領保險金。難道你不覺得奇怪？正好在午夜十二點整出車禍。」
鳥羽隨口附和石山後，關上窗子。把挖耳棒放回原位。然後拿起原本裝夾子的空盒，蹲在地上，開始沿著牆邊搜尋黑色昆蟲。

發現有螞蟻從外面進入房間，是在入學不久之後。肯定是牆壁或天花板的某處有侵入口。他找過設施管理部門，但對方無意修繕。

就在這時，他在同班的稻邊衣服上發現一隻螞蟻。他抱著某種懷疑試探著一問，果然，稻邊也有同樣的煩惱。

兩人開始商討對策。找出侵入口，用瞬間膠堵起來吧。如此決定後，他們在彼此的房間將瞬間膠擠進牆壁裂縫。兩個房間出現的螞蟻的確減少了。但並未完全驅逐。

是從幾時起，只要在房間一發現螞蟻，就會立刻捕捉呢？他會裝進小瓶或盒子，比較個頭大小。在嚴酷生活中的片刻無聊做為慰藉，正是最佳遊戲。

平時都可以捉到三隻。但今天連一隻都沒發現。已過了半夜。螞蟻也回窩睡覺了嗎？那就算了。

鳥羽起身。坐到桌前，在日記上又添上兩三行。

3

六月二十一日　星期日

今天沒有外出，一直在訓練室流汗。要駕馭白摩托車那種大型機車需要有基礎體力。所以不能停止跑步。如果想讓引擎聲響起，必須先好好傾聽自己的腳步聲。說來諷刺，但那也正是摩托車有趣之處。

不過，與持久力同樣必要的，還有一個。那就是肌力。尤其是背部的。這裡如果沒有練出足夠的肌肉，就無法操控笨重的車身。還有，摩托車是以雙膝夾住油箱來駕駛，所以股關節的強化也很重要。

因此，我平時就把重點放在跑步、背肌、深蹲運動，自己設計內容，不斷訓練。這項訓練內容，平日是做三套，假日我規定自己要加倍。相當吃力。不過，即便是累癱的時候，聽到旁邊的人跑步的呼吸聲、跑步機的運轉聲、肌肉訓練機的金屬聲等等，我就會萌生鬥志，覺得自己還能繼續撐下去。

這個星期三，第五堂課，又是救難訓練。這次是陸上救難。好像是要從瓦礫中救人。為了避免上次在泳池的那種失誤，我要充分發揮鍛鍊出來的肌肉，好好上課。

*

起床時全身痛得要命。當然，晨跑也格外吃力，昨天在肌肉訓練室太逞強了，他很後悔。但是，現在已顧不了那個。

午餐時還很嚴重的背肌發熱與股關節疼痛，隨著現在接近射擊訓練場，幾乎再也感覺不到。他已無暇在意肌肉痠痛。為何會被叫來？自己到底哪裡做錯了？與其為全身痠痛愁眉苦臉，還是先搞清楚那個更重要。

是上週末經宿舍舍長許可便去自動販賣機買果汁的事被發現了嗎？

還是上個月，不小心把國旗的正反面折反的事？

或者，是入學前的說明會上頭髮有點過長？

不會吧。每一樁都想太多了。

那麼，副班導須賀這樣傳喚自己的理由是什麼……。

吞下一口黏稠的口水後，鳥羽走出本館，進入射擊訓練場。

他匆忙小跑步經過手槍保養室、講義室、影像射擊室前。接著經過空氣浴塵室的雙重門前，在建築物最後方，通往大射擊場的門前站定。

開門之前，先調整呼吸，從口袋取出紙片。須賀教的是柔道。所以他本以為是否把柔道場和射擊場搞錯了，但傳令的學生遞來的紙條上的確寫著「射擊場」。

他開門。

邁步跨入橫向一字排開二十座靶子的覆罩式訓練場。

須賀體重超過一百二十公斤的龐然巨體，站在某個射座。兩耳戴著耳罩。右手拿的，是手槍射擊教官示範時用的橡膠製模型槍。

鳥羽的眼睛捕捉到的，不只是須賀。大塊頭旁邊，還有一人——這個是學生——站著。不，如果看那僵硬的表情，與立正不動的姿勢，應該說是「被罰站」更正確。

是稻邊。

須賀將橡膠製槍口對準十五公尺外的槍靶。

「要看清楚射擊時機、射擊地點、射擊對象。」

說著，砰！像小孩一樣模擬射擊聲後，須賀拿下耳罩。被他拿在手上，看起來就像切成兩半的黃桃之間，夾了一塊黑色蛋糕。

「真令人懷念。我當然也不是只會練柔道。十年前我也在這裡被劈哩啪啦操練過。但我一發也沒命中靶心。所以不知被揍過多少次。」

須賀巨大的臀部一半放在射座的桌上。纖細的桌腳，好像隨時會發出哀號。

「你們從下星期起，也要開始用實彈了。趁現在多握握啞鈴。填了子彈的槍，首先就會以重量壓倒你。」

鳥羽一邊對須賀的話頷首，

——到底是叫我們來幹嘛？

他以眼神問稻邊。稻邊也以眼神回答：

——我也不知道。

「不過，也不用太害怕。上課就得開開心心。比起槍靶，更要仔細看別人的臉。常聽說一握住方向盤就會性格大變，其實握住手槍也一樣。」

這裡的天花板與側壁裝了防止跳彈的加厚合板。也兼作吸音板，所以須賀的聲音幾乎毫無回音。

「射擊實彈時，有些傢伙從語氣到個性都會判若兩人。平時溫順的傢伙特別會這樣，想想還挺有意思的。八成是忽然以為自己變強了吧。——對了鳥羽。」

「是。」

「你上課應該聽過吧？偵訊時要仔細看對方的表情。」

「聽過。」

「那可不是唬人的。只要看臉，大致就能判別有沒有犯罪。不過，再多費點工夫也行。」

須賀把手上的耳罩朝稻邊扔去。

「戴上。」

稻邊聽命行事，娃娃臉中央的眼睛好像瞪得更大了幾分。眼眸細細游移。聽覺被奪走後，相對地，會拚命想透過視覺收集情報。

「做了虧心事的人，光是塞住耳朵，就會立刻慌慌張張。」

「那個，」鳥羽潤唇，「請問到底有什麼事？」

「放心，算不上什麼大事。只是想問一下。」須賀對著稻邊的方向說。「大前天，週五晚上，十一點左右至隔天早晨有……的傢伙。」

漏聽了一部分。他朝須賀的背影反問：

「對不起，請再說一次。您說有什麼？」

「有個偷溜的傢伙。」

偷溜——他聽說這是指不假外出。

「是誰？」

「我現在不就正在查嗎？不過，已經有嫌疑犯了。鐵絲網圍牆的門不是有把手嗎？從那邊採指紋後，發現是這傢伙的。」

須賀以不耐煩的動作，將指尖指向稻邊。

——不對。

鳥羽從正面直視眼睛瞪得比剛才更大、正與不安格鬥的稻邊。不假外出的嫌犯不是他。若是十九日深夜，稻邊明明待在自習室。自己親眼看到的所以絕不會有錯。要把指紋留在圍牆，其他學生也一樣有很多機會。

那麼，這是擺明盯上稻邊了。須賀剛才說的內容不過是莫須有的罪名。肯定是另有理由，讓他把稻邊當成靶子。

什麼理由？該不會是兩週前那個早上的武術練習吧？

柔與劍。道字上面冠的那個字雖有不同，但在學生面前被狠狠擊中顏面，的確會讓武術專任教官很沒面子。雖說是半帶好奇加入的須賀自己的錯，但依他的個性，想必不會悶不吭聲地就此放過。

從斜後方看須賀的臉，他似乎在冷笑。耳罩——須賀或許就是為了用這個小道具，才會選擇這個場所而非柔道場。

「可是，稻邊自己卻說，那個時間，鳥羽，他『好像在自習室看到』你喔。」

鳥羽把手指搭在領帶結上。稍微拉鬆。

「他似乎連時間都記得很清楚。他說當時正好午夜十二點，所以絕對不會錯。」

的確。

「鳥羽，我聽說你是這小子的死黨。」

須賀朝他轉過身。橡膠槍口也一同移動。

「所以就算你替稻邊的不在場作證，也沒啥價值。不過，好歹還是得確認一下。——怎樣？你要替他作不在場證明嗎？」

鳥羽凝視稻邊的眼眸，數秒之後將視線移向地板。

「不。我不能。因為，我沒有看到他。」

那個回答沒有被吸音板吸收，在說出口後一再在耳邊回響。

4

六月二十三日　星期二

關於刑法，我想應該可以大致掌握主要條文。但是碰上刑事訴訟法，或許是因為內容太瑣碎，弄得腦袋一團混亂，連最基本的都記不住。雖然教官的聲音清楚傳入耳中，卻無法在腦海固定，好像左耳進右耳出。再這樣下去會下意識產生畏懼，所以或許該更加努力去預習與復習。

——寫到這裡我要招認，其實，同樣的念頭我從四月就一直在想。簡直毫無進步。抱著反省的意味，我決定明天把頭髮剃成二公釐的光頭。

不過說來還真快。日子過得太快了。居然已經到六月下旬。但另一方面，現在對我而言，也是一年之中最喜歡的季節。躺在床上，總有白摩托車的引擎聲在耳膜內側嗡嗡響，但唯有這個時期，窗外傳來的樹林沙沙聲勝過那個聲音，可以讓我的心情格外清爽。

*

開始西斜的太陽，燒灼脖頸。

操場的沙塵散發的氣味，令人想起去年夏天，騎摩托車環遊全國時，故意專挑泥土路行駛的經驗，不免有點懷念。然而，現在不是慢慢沉湎回憶的時候。

臉頰感到強烈的視線。來自斜後方。

與其他三十四人一樣，把T恤下襬塞進運動褲內，鳥羽繼續做熱身操。邊做，邊在腦中努力想像一問一答式的卡片。那是為了刑事訴訟法的小考，昨晚，自己做的卡片。

翻開第一張。

問　刑訴法中，如何稱呼警察？

答　司法警察職員。

還在看。他知道視線的主人是誰。肯定是稻邊。曾經的好友。至於現在，是前天與昨天既未交談也沒對過眼的對象。

翻開下一張卡片。

問　刑訴法中將司法警察職員如何分類？

答　司法警察員與司法巡查。

——因為我沒有看到他。

週一中午，他做出虛假的證詞後，立刻被須賀趕出射擊場。之後，稻邊八成又被須賀帶去柔道場。在那裡不知被揪住衣襟對打了多少次，又被摔出去多少次。

稻邊的臉孔再度插入意識。他慌忙翻開下一張卡片。

問　請簡單敘述二者的定義與差異。

答　巡查部長以上階級者為司法警察員。巡查長、巡查階級者為司法巡查。二者在搜查的權限有所差異。

不假外出時，會受到何種處罰，實際上是交由班導自行決定。若是風間，想必稍微教訓兩句就沒事了。但風間這一個星期都不在。這是稻邊的不幸。

視線比預想中更強烈。承受注視的臉頰已開始喊痛。

問　請簡潔敘述司法警察職員的權限。

答　得申請逮捕令。亦可申請搜索令。可以檢視。還有將嫌疑人送檢……送檢……送檢……。

應該記得更多的，卻就是想不起來。

看來無法用準備小考來轉移注意力了。

那麼這招如何？鳥羽從運動褲口袋取出一張紙。上面記有接下來要進行的訓練概要。

(1)「去除瓦礫時的千斤頂使用法」。

(2)「進入密閉空間的方法與簡易影像探索機的活用」。

(3)「對擠壓傷症候群（crush syndrome）之顧慮」。

(4)「衝浪板的使用法」。

以大號字體打出以上文字。

他想繼續往下讀，但輸入腦中的只有標題。底下記載的詳細文字，一概只滑過意識的表層。

鳥羽決定正面對峙。他朝斜後方轉身。

不是稻邊。目光對上的，是雙手持拐杖的女學生。楠本忍。從剛才就一直盯著這邊的是她。

「有事嗎？」

開口的同時，有點奇異的感覺。因為楠本的臉，和之前比起來好像不一樣了。

「鳥羽，你和稻邊是朋友吧？那麼，你為什麼在須賀教官面前不肯幫稻邊？在游泳池那次，你都拚命跳下水了。」

大概是聽誰轉述的吧。會是傳說中替風間當間諜的宮坂嗎？抑或是大嘴巴的石山？不管怎樣，這個學校很小。一旦發生什麼事，消息立刻會飛躍男女之間的屏障，傳入每個人的耳中。

「稻邊不是那種會不假外出的人。這點人人皆知。──你為什麼要對須賀教官說謊？」

鳥羽無視楠本的質問，決定轉移話題。

「聽說妳在停車場被夾住雙腿。」

「如你所見。」

楠本把某一邊的拐杖，稍微自操場的沙土上抬起給他看。

她受傷的當晚，另一名女學生自學校消失了。是岸川沙織。像逃走一般消失，就此遭到退學處分。根據傳言，楠本好像就是被岸川害的，但真假不得而知。

「該不會，那個人對我做的事你也知道？」

楠本說著，向旁邊看。鳥羽也瞥向同一個方向。操場角落，在武道場後方的位置有個花壇，白髮男正在那裡替植物澆水。

「風間教官對妳做了什麼？」

於是，楠本再次將拐杖的前端抬離地面。這次，她把拐杖碰到鳥羽的左腳後，隔著鞋子狠狠朝他的腳尖壓下。

「痛！」

他不禁發出短促的叫聲。附近的學生轉頭看發生了什麼事。

「忍耐一下。你是男人吧？和我的遭遇比起來，這頂多只算是被蚊子叮一口。」

楠本繼續施加體重。並且把臉也湊過來。

「招認吧。」

「招認什麼？」

毋庸多問。剛才的問題他還沒回答。為何沒有幫稻邊的那個理由。

「只要你說出實話我就把拐杖挪開。」

就在他忍受不住痛楚，準備推開楠本的前一刻，她主動抬起拐杖尖端。

「我當時，就是受到這種待遇。你相信嗎？」

「誰幹的？」

「當然是那個白髮男。」

「意思是說妳遭到審訊，被迫說出某些實話？」

「算是吧。」

聽來有點匪夷所思，但楠本的表情不像是在隨口亂說。

「妳幹嘛特地告訴我這種事？」

「我是想給你一個忠告。我看你好像藏著什麼虧心事，若你打算隱瞞到底，那是白費力氣。還是趁早死心吧。」

鳥羽一邊抖動左腳，一邊瞪楠本。

「你一定會被看穿的。被那個白髮男。」

「我怎麼覺得，妳的語氣好像是在幫風間教官說話。妳不是應該很恨教官嗎？他對妳做了那麼狠的事。」

「他是做了。但我不恨他。」

「為什麼？」

楠本再次抬起拐杖。這次拐杖的尖端敲打的，是鳥羽手上的摘要筆記。

什麼意思？意思是說，答案就在這上面嗎？

想到這裡時，今天也擔任教官的貞方出現了。在教場值日生的口令下，三十五人排成五行七列。

「我先問你們，救人時，必須放在第一優先的是什麼？」

貞方就像美軍軍官常做的那樣，雙手負在背後，張開雙腳。鍛鍊出來的上半身，穿T恤時看起來比光著身子時更有壓迫感。

「是被救助者的痛苦。自己親身體會那個，和救助他人一樣重要。」

聽不清楚貞方的聲音。鳥羽把臉稍微向前伸。

「首先，我需要有人扮演被救助者。有人自願嗎？」

我！舉手的是楠本。她拄著拐杖上前說：

「我的腳不方便，只能扮演受害者來參與課程。請讓我扮演。」

「好，妳在這躺下。」

貞方指的，是地上鋪的墊子。楠本在那裡躺下後，貞方命令其他學生在她的一隻手臂上堆放模擬瓦礫。

「好，各位，這種場合要如何救助？鳥羽，你來試試。」

鳥羽上前，使用千斤頂，抬起模擬瓦礫。貞方立刻尖銳吹響哨子。

「混蛋！你現在，說不定已經殺死這名需要救助的人了。」

雖被這麼怒罵，還是完全無法理解為何會「殺死」對方。

「聽好，有人長時間被重物夾住手腳時，絕對不可慌慌張張立刻搬開重物！那麼該怎麼辦？對方如果還是清醒的，應該先發問。問問對方被夾住幾小時了，一定要先問出時間！時間若在四小時以內，那就可以立刻搬開瓦礫。但是，如果超過四小時，千萬不可馬上動手。為什麼？」

躺著的楠本，看起來似乎笑了一下。

「因為會發生所謂擠壓傷症候群的現象。手腳如果長時間遭到壓迫，細胞會壞死。壞死的細胞會流出鉀、肌紅素、乳酸，血液會變得濃濁。這時候如果搬開壓迫物，濃濁的血液會一下子流遍全身。於是立刻導致意識不清，弄得不好甚至會死掉！」

不恨風間。這就是楠本如此說的原因嗎？

「所以，即便眼前有人很痛苦，有時也得耐心等候急救隊的到來。這種案例，對救助者而言也非常不好受。但是，為了對方著想還是得忍耐！」

鳥羽一邊回隊伍一邊看著校舍那邊。風間還沒有離開花壇，正拿著澆水壺澆花。看起來不像在注意這邊。

但是，風間肯定在看著。那個教官總是精明地隨時觀察學生——他不得不這麼想。

下課了。

打掃完畢，吃過晚餐後，由於輪到他降下國旗與校旗，晚間六點他再次外出。

輪值的三人，聯手將沉重的布塊折疊好後，鳥羽獨自繞到校舍後方。因為之前他看到稻邊在那一帶走路。

他不能繼續沉默下去。必須和稻邊說說話。另一方面，他也不能道歉。如果道歉，就表示他說了謊。不，實際上他的確說謊了，但他絕對不能承認那點。

稻邊背對夕陽蹲著。湊近他的臉一看，臉頰有瘀青。短袖襯衫露出的手臂，也有一些擦傷。

不管怎樣，唯一可以確定的是，劍道二段在柔道六段的面前等同手無縛雞之力。起碼與須賀對打了二十次，被摔了三十次左右吧。

「你在幹嘛？」

鳥羽裝作一如往常，對他說道。

「我在想，會不會有螞蟻。」

稻邊的回答令他鬆了一口氣。因為稻邊的聲調，也和過去毫無分別。

「我想盡量飼養更強悍巨大的螞蟻。」

這句話，令鳥羽更安心。前天發生的事，稻邊似乎不追究了。

自己這邊，遲早得道歉。關於不得不做偽證的理由，找機會再向他好好解釋吧……。

「那，我來幫你。」

鳥羽與稻邊並肩蹲下。然後，直到日落前一直在撥開草叢，搬開石頭，挖掘泥土。

5

六月二十四日　星期三

今天第一堂的操練，列隊行進時，我無法與大家齊步，再次招來反感。

第三堂是劍道課，這也是我不擅長的科目。畢業之前一定得取得初段資格，但我擔心屆時或許只有我一人不及格。以前，我曾問過劍道高手稻邊巡查，他說只要聽清楚對方從面罩底下發出的呼吸聲，就會知道接下來竹劍會刺向何處。今天上課時我特地試了一下，但是對我這種外行人來說，要預測對方攻擊的方向，終究太難。

第五堂課是災害救難訓練。繼上次的水中救難訓練之後，我又被貞方教官罵了，不過針對如何救出埋在瓦礫堆中的人，能夠學到最基本的部分，算是一大收穫。寫到這裡忽然想起，大三那年，在民宅的拆除現場，我曾聽見廢木材底下有貓叫，因此救出一隻貓。忽然想起塵封已久的往事。這種體驗，入學以來一再出現。若說這或許是一種思鄉病，是否算是太軟弱呢？

＊

與救難訓練時截然不同，今天是雨天。

雨天有太多不好的回憶。他因路面打滑二度差點送命。雖有程度上的差別，但只要是騎摩托車的人，想必人人都有同樣的經驗。

說到與上次不同，操場角落準備的東西亦是如此。今天放在那裡的，不是模擬瓦礫而是一輛汽車。

——今天要上路上攔檢盤查的課。不過要在外面集合。

風間如此指示的理由，看到這輛豐田皇冠自然就懂了。攔檢對象不一定是步行者。想必也有很多是乘車的場合，所以當然也需要做那種練習。

站在車旁的是都築。今天的教場值日生。從停車場把車開過來的八成也是他。

不久風間出現，站在皇冠前。

「立正。」

不顧都築略顯懶散的口令，鳥羽內心有點慌亂。

拿帽子時，必須以右手抓帽簷，內部朝右腿垂直放下——如果不在腦中一一背誦警察禮式，甚至無法順利做出下一個動作。

「向教官敬禮。」

聽到稍息的口令，與學生們一同重新戴上帽子的風間，先以眼神朝都築示意。好像是命他上車。

都築打開皇冠的車門，鑽進駕駛座。

風間放眼環視集合的學生後，開口說道：

「對車子進行攔檢時，必須先看車牌號碼。」

明明可以多說幾句開場白，可是這位指導教官總是唐突地開始上課。被他這麼一弄，即便自己是從頭開始上課，也往往會產生上課遲到、中途加入的錯覺。

不過最令人耿耿於懷的是，

——今天下課後，到校外講師的休息室來。

午餐時被風間如此宣告。不知有什麼事。若能從這堂課捕捉到什麼提示，至少可以稍微緩和現在這種緊張感……。

「你們當中，最瞭解車輛的是誰？」

還來不及覺得這是個討厭的問題，好幾名學生已朝他這邊指過來。

風間走近一步，鳥羽以立正的姿勢對他說：「若是兩輪的，我大致瞭解，四輪的就有點……」

鳥羽吞吞吐吐，一邊望著某個學生。是由良求久。大家都知他是汽車狂。由良若非教場的討厭鬼，若非遭到大家漠視，現在也不會輪到自己被大家指名。

「若就有車輪可以行走且有引擎的物體而言，兩輪和四輪都一樣。我先問你。看到這輛車的車牌你可發現什麼？」

「應該……不是偽造的吧。」

「這裡好歹是警校嘛。」

感到氣氛稍微放鬆，或許是人人都發現風間的表情微帶笑意吧。

「是因為數字，都一樣嗎？」

這輛皇冠的車號是333。

「對。像這種連號車牌多半是黑道幫派成員的車子。必須特別注意。對了鳥羽，你擅長心算嗎？」

「不。不怎麼擅長。」

擅長心算的是稻邊。這句話本來已到嘴邊，卻還是無法說出口。

「就算不擅長，這個車號加起來的數字，應該馬上答得出來吧？」

「……三個三，是九嗎？」

「對，數字加起來等於九的車號，同樣也是黑幫成員喜歡放在自己車上的。因此，必須養成習慣，只要遇到可疑車輛，就計算一下車號加起來是多少。」

「是！」

配合全體的呼吸，鳥羽也揚聲回答。

「以這輛黑幫的車子為例，不僅是連號，加起來又是九。因此，」風間面向前方，豎起的大拇指隔著肩膀指向背後的皇冠，「幾乎可以確定是幫派成員的車輛。對吧？鳥羽。」

「是。」

剛才的大拇指或許也是一個暗號。只見都築已發動皇冠的引擎。

「若是幫派成員的車子，多半會在哪兒藏著凶器或藥物。巡邏中發現這種車輛時，一定要攔下盤查，搜索車內。——不信的話，要現在試試看嗎？」

「請讓我試試。」

鳥羽走近車子。

「照會車號的程序可以省略。這輛車的某處藏著一包毒品。藏匿地點很簡單。讓我見識一下，你能夠多快找出來。」

「知道了。」

鳥羽握拳輕敲駕駛座的車窗。

「抱歉打擾一下。」

玻璃窗內的都築把臉轉過來。微微撇著嘴角。看來心情不佳。八成是很不高興因為輪到當教場值日生就得被迫擔任上課助手吧。的確，攔檢盤查的角色，應該讓優秀的都築來扮演才對。那樣的話，實習會進行得更順暢。

「如果不趕時間，想請教幾個問題。能否請您搖下車窗？請將引擎熄火，拔下車鑰匙。」

都築以眼神同意後，聽從他的請求。

「請出示駕照。」

都築取出的是練習用的小道具。塑膠證件夾內放著紙片，以文字處理機的字體印著大大的「駕照」二字。學生個人擁有的真駕照，無論是兩輪或四輪的，都和手機一樣，被校方收去保管。現在應該沉睡在教官室的櫃子裡。

把模擬駕照還給都築，鳥羽回手稍微抬高帽簷。「請下車好嗎？」

「我拒絕。」

這個回答，與都築的臭臉之間，毫無差距。一瞬間，幾乎令人忘記這只是角色扮演的實習。

「左邊的輪胎爆胎了。」

他這麼一說，都築果然下車，做出低頭檢查輪胎的動作。

「啊呀，不好意思。沒有爆胎。是我看錯了。」

「幹得好。」風間插嘴。「那樣做是對的。駕駛不肯下車就騙他。『你的車尾燈不亮』、『車身有破損』、『後車廂的行李露出來了』。怎樣都行。用嚇唬對方的言詞讓對方下車後，再說聲看錯了道個歉就行了。要記住。」

「是！」

等學生們回答後，鳥羽進行下一步驟。

「可以讓我簡單做個人身檢查嗎？」

「請便。」

都築微微舉起雙手。右手還拿著車鑰匙。

隔著制服觸摸都築的身體，每個口袋都摸過了，卻沒發現袋子。

就在他轉而將上半身探進車內時，

「針對車內情況說說看你發現什麼。」

風間的聲音再次插入。

「薰衣草的香味特別濃。」

一看之下，儀表板上並排放著三小瓶芳香劑。

「對。味道濃厚的車子尤其要注意。其中也有些車子會點佛壇用的線香。氣味過重時，多半會發現大麻或藥物。」

大麻點燃後據說會有一種甜甜的香氣。至於安非他命，據說燃燒後會發出塑膠融化的臭味。無論是哪一種，要消除痕跡都需要用別的氣味蓋過。

鳥羽打開儀表板下的置物箱，接著打開駕駛座與副駕駛座之間的中控台儲物盒。

藏東西時，依照一般人的心理，通常會放在自己視線可及之處。因此，只要檢查坐在駕駛座可以伸手觸及的範圍，大多可以找到——記得教科書應該是這麼寫的。而且，剛才風間也提過「藏匿地點很簡單」。

但是置物箱和儲物盒，都沒找到小袋子。

那麼會是車門邊的口袋，或者腳踏墊底下嗎……。

鳥羽一邊檢查車門內側，一邊小聲對都築說：「幫派成員為什麼喜歡九？」

「因為賭博吧。」

用撲克牌賭博時，有一種玩法是湊成的數字個位數若是九就是最高分。討個吉利——那就是都築的答覆。

車門口袋和腳踏墊底下都沒有發現小袋子。

「怎樣？鳥羽。投降了嗎？」

「……不。我認為在這裡。」

鳥羽把手伸進駕駛座背後的口袋。

他一邊假裝在專心搜索車內，其實也在透過後視鏡檢查都築的視線。打從剛才，都築就一直盯著駕駛座椅的後方。視線是最能夠雄辯藏匿地點的東西。

「找到了嗎？」

「……沒有。」

座椅背後的口袋也是空的。鳥羽拿手背抹去的額頭汗水，帶著討厭的黏膩感。

風間走近身旁。朝都築伸出手心。

都築握著車鑰匙的手疊放上去。

都築移開手後，風間的手心裡除了車鑰匙還有一小袋白粉。

學生之間響起失笑的聲音。

「我應該說過地點簡單得可笑吧。」

「……是。」

「拔下車鑰匙時，順手隱藏小袋子，是常有的案例。而且意外容易被忽略。不習慣時，往往只會留意車內的搜索。首先必須徹底做好人身檢查。這點最好也要牢記。」

6

這是教官室旁的校外講師休息室。驚人的是，這裡的牆上，大概是在年頭視閱式[10]拍攝的，掛滿白色警用摩托車的照片。排氣量超過一千CC，是所謂的重型機車。

即便只是遠眺，廠牌與車種自不消說，就連構造性能他也都如數家珍。引擎是油冷並列四汽缸DOHC四衝程四活瓣。變速箱是常時咬合式六段往復。最大扭力是——。

鳥羽慌忙立正。因為不知幾時，背後已出現風間的白髮腦袋。鳥羽完全沒發覺他開關門的聲音。

風間右手拿著一疊稿紙。好像是自己繳交的日記。從夾子的數目看來，大約是十天的分量吧。

風間帶來的不只是那個。左手還有一個黑色的大茶杯。是風間每次在自己位子用的茶杯。特地拿到別的房間來，可見他應該相當喜歡這個黑漆杯子。

風間把那疊稿紙與杯子放在桌上。自己先坐下，然後指著對面的沙發。

「不好意思。」

鳥羽也坐下，目視風間。昨天下午，災害救難訓練時，遠看還沒發現，教官好像有點瘦了。看來做教官這種工作也很辛苦。

---

10 年頭視閱式是警視廳及各縣市警察本部在年頭（一月初）視察檢閱警力的活動。

「抱歉把你叫來。很忙吧?」

「哪裡。不要緊。」

「是嗎?」風間露出沉穩的笑容。「對了,我聽說了。你好像有出色的能力。可以聽音辨速是嗎?而且,相當正確。」

「那是我唯一可以自豪的特長。」

「那你閉上眼。豎起耳朵仔細聽。」

聽命行事後,幾十秒前還在眼前的鈴木GSF1200P的車身線條清晰在眼皮裡留下殘影。

「剛剛,那條路有卡車經過。你聽到輪胎聲了嗎?」

「是。」

教官室距離外面的馬路大概有二十公尺吧。

「時速是幾公里?」

「四十三公里。」

過了一會,風間又問:「剛才經過的巴士呢?」

「二十七公里。開得很慢。該不會是幼稚園的娃娃車?」

「你說對了。連車種都猜得出來嗎?果然如傳聞一樣厲害。現在就夠資格立刻成為白車隊員了。」

不,還差得遠。他一邊回答,臉上已不自禁綻放笑容。

「那麼，剛剛經過的摩托車呢？」
「……四十一、二公里吧。」
「嗯？有那麼快嗎？看起來不怎麼快呢。」
「請等一下。我的直覺有點遲鈍了。也許是三十五、六公里。」
「那也不對。」
「啊？」
「因為，剛剛根本沒有摩托車經過。」
可以感到原本放鬆的臉頰，這次無可救藥地僵硬。
「看樣子，你的耳朵好像出問題了。而且，你還試圖隱瞞。」
鳥羽睜開眼。為什麼？幾乎在無意識中，視線，射向牆上的白色摩托車而非風間。
風間說得沒錯。前幾天，在泳池底下承受水壓後，他就再也聽不清楚了。有時吞口水，還會聽到耳朵深處轟隆轟隆響起打雷般的聲音。耳朵也一直流出液體。
「去看醫生了嗎？」
他轉身面對風間。「星期六去耳鼻喉科看過了。」
「診斷結果呢？」
「醫生說是滲出性中耳炎。」
如果沒張嘴排氣就潛水，為了避免水壓弄破耳膜，耳內會滲出體液。似乎就是這個體液感染了細菌。

風間把桌上那疊稿紙全部遞給他。

「翻開看看。」

鳥羽接過來，一一翻閱。大概是風間的手筆吧，很多地方都用紅色簽字筆畫出粗線。

「六月十五日以來，你的日記上，不自然地頻繁出現某種現象。那是——」

「聽見分秒刻畫夜晚的時鐘聲」

「想讓引擎聲響起，必須先好好傾聽自己的腳步聲」

「旁邊的人跑步的呼吸聲、跑步機的運轉聲、肌肉訓練機的金屬聲」

「雖然教官的聲音清楚傳入耳中」

「窗外傳來的樹林沙沙聲勝過那個」

「只要聽清楚對方從面罩底下發出的呼吸聲」

「聽見廢木材底下有貓叫」

——畫線的，都是這些地方。

「是關於聲音的記述。你是在暗中向我們這些教官強調，你的聽力好得很。那麼，你為何非得這麼做不可呢？理由只有一個。因為你的聽力不好。」

鳥羽握拳。如果可以，他真想中途打斷風間的聲音。

這也不能怪他吧？日記會在教官之間傳閱。自然也有可能被負責選拔白車隊員的教官看見。

他知道有人就是被教官以過往病史為理由，從隊員推薦名單刷下來。即使那人的症狀幾乎已完全康復。

與視覺一樣，聽覺也是取締超速不可欠缺的武器。如果被發現他的耳朵出過毛病，只怕會影響將來的選拔。

「你太想強調那個，忍不住連沒有聽到的聲音都寫上去。你犯下了校方禁止的捏造。我講的有錯嗎？」

「……沒錯。正如您所言。」

「是哪一天的日記？」

「六月十九日。」

「是哪個部分？你自己讀讀看。」

「『正要就寢時，正好就在午夜十二點整，聽見外面的馬路傳來疑似車禍的聲音。八成是輕型小汽車與電動腳踏車相撞』……就是這個部分。」

當時，如果石山沒有找他說話就好了。那樣的話，自己或許也不會把沒聽見的聲音寫在日記上了。

「你不得不在稻邊那件事做偽證的理由也是這個吧？」

「……是。」

電動腳踏車與輕型小汽車相撞的車禍。那個聲音，只有在自己的房間才聽得見。正好在午夜十二點發生的聲音，既然已在日記上寫出自己親耳聽見，那個時間，就非得待在自己房間不可。

否則，等於是在日記上寫謊話，會被學校開除。

「鳥羽，你呀，」風間朝茶杯伸手，像要確定溫度般，緊緊握住，「還是退學吧。」

7

應該沒有任何人調整過電視的音量。可是，主播播報正午新聞的聲音，就連飽受中耳炎所苦的雙耳，聽來都比平時大聲。

風間班的學生們，今天說的話大概比平時少了兩成吧。想到第三堂要上的手槍操法，人人都緊張得渾身僵硬。想想今天要開始新的訓練也難怪大家緊張。要使用實彈。之前一再反覆默誦的安全規則，以及「裝彈」、「退彈」的動作全都徹底不同。

鳥羽把味噌湯碗送到嘴邊，同樣也很緊張。他目不轉睛看的是稻邊。

昨晚，在那句「你還是退學吧」之後，

——不過，那是在你沒有好好向稻邊道歉的情況下。明天就去賠罪。日記上的捏造我可以不再追究。

回想著風間如此補充的聲音，鳥羽用筷子把味噌湯裡的料扒過來。

喝了一口味噌湯後，他慌忙環視四周，剛剛還看到稻邊，不知幾時竟已消失了。

他上哪去了？鳥羽抬腰想起身。就在這時背後有人喊他。

「快點。」

轉頭一看是稻邊。臉上掛著討喜的笑容。這句快點，應該是叫他吃快點吧。盤子裡還剩一點沙拉。

「我幫你吧。」

稻邊說出前天傍晚鳥羽自己才說過的台詞，同時手已伸過來，拈起一顆小番茄。稻邊把番茄扔進口中，一邊咀嚼，一邊又說道：

「做為交換，你也得幫我，這個。」

稻邊比出拿掃帚的動作。

射擊訓練場的門，是由稻邊這個手槍術科裝備委員負責拿鑰匙打開。清掃地板也是委員的工作。

鳥羽點點頭，端著托盤起身。射擊場——這下子正好。要向稻邊賠罪的話，當初背叛他的地點最適合不過了。

兩人進入射擊場後，鳥羽打開用具儲藏櫃。

在這裡，射座後方的大型風扇總是會產生氣流。地板殘留的鉛粉已被吹得乾乾淨淨，所以照理說應該沒必要再特別動用人力打掃，但在無謂的地方特別仔細正是警察這個組織的常態。

當他拿著掃帚關上儲藏櫃的門時，

「等一下，這個，你看一下好嗎？」

稻邊說著，把東西塞進他的手裡。是縱開的小記事本。

某種東西觸及臉頰兩側，就是在他翻開記事本封面後。他立刻察覺那是耳罩。是稻邊從背後給他戴上的。

他沒察覺的是腳步聲。為了防止實彈掉落爆炸，地上鋪設了合成橡膠地墊，所以連人走動的動靜都抹消了。他沒有發現稻邊遞出記事本後還站在自己身邊。

耳罩碰觸耳朵的周圍區域，有種黏黏的感覺。與肌膚貼合的部分，似乎沾了某種液體。

鳥羽為那種不舒服的感覺皺起臉，同時立刻試圖用雙手拿下耳罩。

拿不下來。

想到鼻腔感到的刺激氣味，沾附的液體肯定是瞬間膠。耳罩已經牢牢黏在太陽穴的皮膚上。前幾天，把頭髮理成大光頭似乎反而造成苦果。

在完全喪失聽力的狀態下，鳥羽尋找稻邊。

不見了。

環視四周後，稻邊正要離開射擊場的身影映入眼角。

他追上去，可惜遲了一步。門在眼前被關上。

他轉動把手，把手卻文風不動。是稻邊從外面把門鎖起來了。

鳥羽憤然啐了一聲，翻開稻邊留下的記事本。

「最好不要勉強試圖摘下。會把臉上的皮膚扯掉。」

——真是夠了。

沒想到稻邊會做出這麼幼稚的惡作劇來報復。

沒辦法。看來只有去浴室浸泡熱水，或者用去光水才能摘下耳罩了。不管怎樣，如果在射擊場以外的地方戴著這玩意，肯定會成為笑柄吧。

他一邊露出苦笑，一邊繼續翻開下一頁。

「戰時，在叢林，有一名士兵的耳朵受傷。」

——這是什麼？

他訝異地翻開下一頁。

「有一次，那個士兵聽見炸彈在耳邊落下般的巨響。」

稻邊到底想說什麼？他翻到下一頁。

「但那其實不是炸彈，是耳膜破裂的聲音。」

準備翻到下一頁的手，不自覺有點哆嗦。

「換言之，士兵的耳膜被咬破了。」

看到那行文字時，左右兩方的耳罩，傳來沙沙沙的微響。耳罩內側，好像混進什麼東西。

稻邊的惡作劇原來不只是瞬間膠嗎？鳥羽感到輕微的窒息感，一邊翻開最後一頁。

「被誤將耳溢液當成食物的螞蟻咬破。」

沙沙聲再次響起。那果然是小昆蟲的足音。

第四話　調度

1

朝天花板伸個懶腰，眼窩一帶微微發熱。

每次總是如此。

伸懶腰與發熱。早就明白這兩者有何因果關係了。

自己的兩肩，一抬手就陣陣刺痛。因為會痛，忍不住幻想是否該在關節塗點凡士林。這麼想著，還真的想起實際在臉上使用那種軟膏時的記憶。所以，才會在眼睛周圍感到並不存在的油膜。

日下部准瞥向窗口。

以暗夜為背景的玻璃映出自己的身影。伸完懶腰收手時，必須皺著臉才能緩緩做出這個動作的自己。

老了啊。

讓自己如此切實感到衰老的場面，這已經不是第一次了。兩年前，在三十歲交回拳擊執照的理由，是因為連續兩次被一公分左右的地面落差絆倒。

日下部深深吐出一口氣，從椅子站起。

他沿著練習派出所狹小的樓梯走到一半，用手撐著上面的階梯，朝二樓的休息室喊道：

「醒了嗎！」

堅固的木門開啟，樫村巧實睡眼惺忪的臉孔探出。身上的T恤，胸前那塊地方因汗濕黏在皮膚上。

「醒了。……現在幾點？」

「紅利時間到了。」

……這麼說，是兩點半囉。樫村咕噥著拉開圓形眼鏡的鏡腳。

日下部轉身回到事務室，從冰箱取出兩個便當。

這是執行警備勤務時發給的便當。同期生都稱之為紅利，但自己不這麼認為。塞東西進胃袋，至今，雖只有一點點，但終究是害怕。只要是知道減量之苦的人，想必任誰都會如此。

樫村從休息室下樓來。他已換上襯衫，也繫了皮帶。

「你要哪一個？」

日下部把兩個便當遞到樫村面前。主菜各不相同。樫村的右邊是炸牛肉可樂餅，左邊是炸雞塊。本來，警備勤務的學生應該拿到的是一樣的便當，不過今天點餐好像出了差錯。

「那我要這個。」樫村骨架纖細的手，伸向左邊的容器。「可以嗎？准前輩。」

——拜託別那樣喊我。

如此一再駁回也只到上個月為止。對於至今沒有任何一個同期肯正常喊他「日下部巡查」的現狀，他早已洩了氣。尤其，他和這個樫村有九歲的差距，更讓他提不起勁去抗議。

「可以呀。我不愛吃雞肉。」

但是更怕吃牛肉。日下部把這句話吞回肚裡，揮動手臂，趕走停在手上的蚊子。順便拿手帕擦汗。都已是這個時間了，牆上的溫度計依然高於攝氏二十五度。

「睡得好嗎？」

他問，樫村搖頭，拿無名指尖摳眼頭。無趣地打量指尖沾黏的眼油後，怎麼可能？他說。

「這麼熱，屍體都睡不安穩。樓上的冷氣，根本是白白耗電。一點也不涼。」

「要是樓下也有休息室就好了。」

「就是啊。」

「不過，這裡的練習所，為何不蓋成平房呢？」

派出所勤務實習用的「練習派出所」，無論在全國任何一所警校都是設置在正門附近。這點在這所學校也一樣，不過兩層樓房應該算是很罕見。

「誰知道是為什麼——不過，我更奇怪的是，歸根究柢，為何要讓學生負責校內警備。像這種工作，直接外包出去不就行了。」

由初任科生來執行警備勤務，是自上個月開始。每天傍晚，至翌日傍晚為止共二十四小時，兩個教場共派出八人，以這個練習派出所為據點，負責校內與宿舍內的巡邏。

「讓警察雇用保鏢嗎？那恐怕會有問題吧。」

「有什麼關係？停車管理員不就是委託給保全公司？」
「也是啦……。你的想法真的很靈活。」
日下部把牛肉可樂餅切成小塊，夾起一塊放入口中後，隔桌把臉湊近樫村。
「不好意思，可以交換一下嗎？」
「交換……嗎？什麼跟什麼換？」
「這個，」日下部拿筷子指著自己便當裡的煮款冬，然後把筷尖對著樫村便當裡的炒牛蒡絲。
「換那個。」
「可以呀。」
他把款冬給樫村。對方還以牛蒡。伸筷夾住後，日下部問：「你可以答應我嗎？」
「……答應什麼？」
「絕對不會把我接下來說的話洩漏出去。」
隔著圓鏡片，樫村的眼睛因好奇而濡濕發光。
「那要看是什麼內容，才怪——好啦。我答應你。到底是什麼事？」
「我還在拳擊界的時候，在練習場的綽號，就是這個。」
他把剛剛與樫村交換的東西稍微舉高給樫村看。
「牛蒡……嗎？」
「因為我長得瘦巴巴，而且面如土色。」
那個綽號，總覺得好像也暗指和牛蒡（gobou）的日語發音語尾相同的「木頭人」（dekuno-

bou），不過應該用不著連那個也告訴樫村吧。

「難不成，你在拳擊場上的名號也和那個有關？」

「那個和魔術有關。是魔術日下部。否則如果叫牛蒡日下部，那多糗啊。聽起來又土又呆。」

這麼回嘴時，樫村已對話題失去興趣。「噢，我記得你的特長好像是猜撲克牌是吧？」他敷衍的語氣很傲慢，視線已回到便當裡。

「喂，可以再一次嗎？」

啥？塞滿炸雞塊的嘴巴冒出這麼一聲。

「我想跟你交換。」

樫村再次抬頭。與鏡片一樣圓的大眼睛眨了一下。「又要嗎？」

「對。這次，用這個，」夾著牛蒡的筷子再次舉起，然後朝樫村的厚煎蛋捲努動下顎。「換那個。」

「……可是這個煎蛋捲，我已經咬過了。」

「沒關係。」

日下部把牛蒡放回對方的便當。樫村遞出煎蛋捲。日下部也伸出筷子。但是，筷子尖夾住的不是煎蛋捲。

「喂……准前輩，請你放開好嗎？再怎麼說也太沒禮貌了。」

日下部無視樫村的請求，依舊夾著樫村的筷子說：「今天，我看到了。」

「……看到什麼？」

「我不說是誰。就只說是風間教場的男學生吧。我正好看到那傢伙拿著。」
「拿著什麼？」
「應該不能帶進校內與宿舍的違禁品。」
「所以說，到底是什麼？」
日下部鬆開樫村的筷子，接過煎蛋捲後，與剛才的牛蒡一樣，輕輕舉高給他看。
「就和這個一樣。換言之，是所謂的小菜。主要是男學生需要。」
「噢，那方面的玩意嗎——哎，在這裡無處發洩當然會越來越憋。總得想辦法發洩一下吧。那種東西，你何不睜一隻眼閉一隻眼輕鬆看待？」
「不，那可不行。規則很重要。」
「話是這樣沒錯啦。」
「但是那個笨拙的傢伙，是怎麼弄到黃色書刊的呢？我不認為是週六週日放假時從外面夾帶進來的。因為週一會徹底檢查隨身物品。所以，我是這麼判斷的。八成是有人很會調度，偷偷弄來賣給那傢伙的吧。」
巨大的眼睛，這次以不規則的節奏一再眨動。
「一定是像這樣弄到手的吧？」
「……什麼意思？你所謂的『這樣』。」
「所以說，就像我剛才做的那樣嘛。先用款冬交換牛蒡，再用牛蒡換成煎蛋捲。就是用這同樣的方法。對吧？樫村巡查。」

「你到底在說什麼？准前輩，你從剛才就有點怪怪的。」

「為了替那傢伙弄來黃色書刊，你先從自己房間取出的，是一枚制服袖口的鈕扣。那是無關緊要的小玩意。但是有人正好需要。」

服裝儀容檢查時若被發現鈕扣掉了，處罰方式有很多種。這個時期的話，多半是去校舍周圍拔草。教官是故意在炎夏的日子這麼處罰。

「可以的話，你希望用那個，立刻和別人偷藏的雜誌交換。但是鈕扣與那個，在這裡的價值差太多。於是，你只好先用鈕扣交換其他物品。交換那種比鈕扣好但又沒黃色書刊那麼貴重的中間物品。」

櫪村眼中的光越來越凌厲。

「這次，那個中間物品，是某人多出來的記事本吊環。然後，你用那個吊環，換來了雜誌。」

被人私下稱為「調度販子」的櫪村，瞪大的眼眶中央，眼眸彷彿痙攣般微微顫動。

「我花了不少時間調查喔。效法『稻草富翁』[11]，這倒是一個好方法。你就那麼喜歡民間故事嗎？」

櫪村的喉節上下蠕動。就在這時。派出所門口出現某人的動靜。

「嗨，辛苦了。」

門一開，粗厚的聲音響徹室內。

11 日本的民間故事，描寫一個窮人拿一根稻草不斷與人交換其他物品，最後變成富翁。

2

「搞什麼，就只有你們兩人嗎？」

繼聲音之後進入室內的，是尾崎的龐然巨體。這位LL尺寸的夏服已汗濕的警界前輩，瞥向牆上貼的值班表後，拿制服帽當團扇替自己的大餅臉搧風。

「其他人到哪去了？」

還沒聽到這個問題，日下部已起立，保持立正。樫村亦然。

「A班在校內巡邏，B班在宿舍內巡邏。D班在後門站崗。」

回答之際，視野之所以被淚水弄得氤氳模糊，是因為忽然很想打呵欠。雖然拚命忍住，但好像還是被尾崎發現了。

「睡眠不足果然還是有影響嗎？」

三十六歲的巡查部長，把奸笑的臉孔湊過來。

從清晨六點改至五點。自上週起，起床時間提早一小時。這週晨跑的距離從原先的校園十圈增至十五圈。

「接下來，大概會禁止你們週六外出吧。再來，週日也會被禁止。校方啊，打算這樣拘著你們。直到找出那個嫌犯。」

尾崎瞥向南邊牆面，伸指朝那裡張貼的一張告示彈了一下。

「七月四日下午四點前，校內設施發生疑似人為的小火災，造成公物損毀，有線索的學生請盡快向指導教官申告。　校長」

自上週起，校內與宿舍都貼出A4大小的「告示」，在這間派出所的牆上也同樣以圖釘釘著。與其他場所不同的，只是吸收了夜晚的濕氣令紙張有點皺皺的而已。

文中的「校內設施」是哪裡，「公物」又是什麼，告示並未明確指出。或許是打算以含糊籠統的敘述廣泛撒網，貪心地將與火災無關的情報也一網打盡吧。果然像校方會做的事。

「難不成，日下部，你就是縱火犯？」

「才不是。」

七月四日是星期六，他一早就回家去了。回到學校時才剛過下午四點。另一方面，公物損毀云云是在四點前。雖只差了十幾分鐘，但他的確有不在場證明。

他這麼一說，尾崎像要強調「你還沒搞清楚狀況」似地在面前搖手。

「集體瘋狂很可怕喔。曖昧的不在場證明根本沒用。」

「什麼意思？」

「校方如果繼續這樣限制學生行動，你猜遲早會發生什麼事？學生之間會開始自發逼出嫌犯。只要有人稍微可疑，便會拳打腳踢用盡凌遲的手段也要讓那傢伙認罪，出面自首。說穿了等於是找替罪羊。校方企圖用這種方法，盡快讓這件事落幕。是真的喔，因為我當學生時也發生過類似的事件。」

一切都如校方的盤算。這樣就可以塑造出注重縱向組織，更勝過橫向夥伴的人格——尾崎如此補充後，把手伸進長褲口袋。

「拿去，樫村，這是上次說的資料。」

尾崎從口袋取出的，是折成三折的一個牛皮信封。

什麼資料？日下部以眼神詢問，也許是察覺他的視線，尾崎興味索然地回答：「是參加公觀的學長名單啦。」

記得樫村已被選為下個月舉辦的學校公開觀摩會的學生籌備委員。

樫村接下信封說聲「謝了」微微低頭行禮。

不是以敬語說「謝謝您」，而是簡短的「謝了」。樫村對尾崎用這麼親暱的語氣，想必是因為兩人是同一所大學畢業的學長學弟。

尾崎以前當過弓道同好會的代表，似乎趁著回母校參加同好會時大力招攬在場的學生加入警界，所以對他而言，果真被他說服加入的樫村或許顯得特別可愛。

「這種雜務也是舍長的職責嘛。」

尾崎笑著，做出合掌的動作打死蚊子。

尾崎這個「舍長」頭銜，具體上負責什麼樣的業務，其實日下部並不太理解。指導教官與副指導教官都不在時，有事就找舍長商量。柔道、劍道及手槍射擊等術科教學時也會擔任教官的助手。舍長是由學校附近的警署派遣警員來擔任，平時會待在教官室，但是沒有教官的頭銜。

若說對舍長的認識，頂多只有這個程度吧。按照某學生的說法，算是「想必遲早會被提拔為教官的候補職員」。

「對了尾崎主任，這麼晚了你該不會還要出門？」

「對。」尾崎重新戴上制服帽。「警署叫我回去。」

在這所學校，舍長並非常駐——他又學到一項知識。

「雜務太多，好像人手不足。」

的確，夏日祭典的時期，即便是凌晨兩三點的時段，街上依舊糾紛不斷。

「那麼，我們等於被撇下不管了嗎？」

初任科生的警備勤務，有時當舍長的前輩警察官也會參加。據說這是本校的傳統。依照當初的預定，接下來尾崎應該要指導他們如何填寫巡邏聯絡簿。

「抱歉。所以我不是帶了慰勞品來致歉嗎？你們看。」

打開尾崎帶來的袋子。裡面出現的是海苔袋。用粗橡皮筋捆在一起總共有十袋。

「是老家多出來的，用來包便當的白飯特別好吃。」

尾崎的老家據說在本縣沿岸。當地特產的岩海苔，的確聞名全國。

「這裡不是有桌上型小瓦斯爐嗎？稍微烘烤一下再吃，會更好吃喔。」

尾崎撂下這句話就走了。

敬禮目送那正朝橫向發展的背影離去後，日下部再次與樫村對峙。

「剛才還沒講完。你的房間某處，肯定準備了各種用來交換的小東西吧？你藏在哪裡？為什麼突擊檢查時不會被發現？你教教我。」

日下部在椅子坐下。樫村也跟著坐下，但依然不肯開口。

「你不想回答嗎？那麼，一次交易，對方大概給你多少？」

當他用大拇指與食指比個圈圈後，樫村蠕動薄唇。但是，只是以舌尖舔唇。

「你要行使緘默權？也行。不過，我可不能再沉默下去了。身為級長，我要把你的行為向教官報告。你放心。報告的對象我不會選惡鬼，我會選擇菩薩。」

日下部依序想起須賀與風間的臉孔。

「這就是你拿手的告密嗎？」樫村終於開口。「這樣好嗎？大家會對你更加退避三舍喲。」

告密在學生之間是最嚴重的罪行。相反的，敢那樣做的人，會得到教官的贊美與加分。

「如果你非要捅我一刀，你恐怕會比現在更難在這裡待下去。」

「沒辦法。我已有心理準備了。」

日下部一邊趕蚊子一邊計算。今天是七月十五日。距離九月底畢業還有兩個半月。就算與同期生的關係緊張，區區七十五天，絕對熬得過去。

「你就不能放我一馬嗎？」

日下部搖頭。

「當然我不會讓你白忙一場。我可以用准前輩想要的東西交換。」

什麼叫做我想要的東西？他沒有那樣說出口。只是微微轉動脖子傳達疑問，催對方回答。

「就是成績。學科分數。」

樫村的大眼睛盯著他，一邊打開尾崎留下的海苔袋。

「日下部准。現年三十二歲。家有同齡的妻子與三歲的女兒。曾為職業拳擊手。是C級俗稱的四回合賽新人[12]，戰績是三勝五敗二平手。光靠打拳擊當然無法養家餬口，平時在家庭速食餐廳的廚房工作。不過這樣的經歷畢竟還是與眾不同，受到同期生另眼看待。被選為級長是因為在班上年紀最大。」

眼前就像放著透明的資料。樫村幾乎是以「朗讀」的語氣滔滔不絕。

「不愧是當過拳擊手，特別懂得節制。生活態度算是很嚴謹。這點贏得同教場的學生某種程度的尊敬。問題在於，經常喜歡指出同伴的違規行為。有時不惜向教官報告。做出那種行為當然是因為注重規律，反過來說，也意味著想爭取分數。因為很遺憾，日下部准的學業成績從後面數來比較快。」

說到這裡，樫村倚著辦公椅的小靠背，放眼環視派出所內。

「准前輩，剛才的答案，我就告訴你吧。」

「剛才的……？你在說什麼？」

「你不是問過我原因嗎？為何這裡的練習派出所是雙層樓房？」

樫村以筷尾不耐煩地摳摳臉頰。

「說到原因，那是因為目前縣內的派出所約有四成都是雙層樓房。就算預定中要新蓋的，也

12 職業拳擊手分A、B、C三級，程度最低的是C級，只能打四回合以內的比賽。

有一半以上不是平房。換言之是從學校的階段，就開始著手配合目前的實情與未來的傾向。」

樫村站起來。朝設置在另一邊牆上的櫃子彎身。從那裡取出桌上型小瓦斯爐後，點火烘焙海苔。

「這種事，只要稍微動一下腦袋應該就可輕易理解。連這點程度的思考力與研究心都沒有，難怪你的成績沒有起色。該不會是你以前當拳擊手時腦子被打壞了？」

驀然回神，只見日下部一直盯著停在手背上的蚊子。他在暗自稱奇：我幹嘛要垂頭喪氣？

「傷腦筋耶。你的術科雖然還過得去，學科卻完全不行。但你又是最年長的學生，畢業時如果沒得到優等獎那多難看。不不不，那種一時的面子還是小問題。重要的是，今後你得把自己擺在好位置才行。」

為了不讓對方發現自己的動搖，日下部也朝海苔袋伸手。

「畢竟你已年過三十又有妻小。到此地步也不可能再轉行。況且，也不能再繼續落後同期與學弟妹。所以你想找個工作稍微好做、也有升級希望的位置。無論如何，都得避免在不合適的單位遭到壓榨後就被拋棄的命運。簡而言之，就是想被組織重視。」

日下部正要抓海苔的手晃動不穩。

「為此，你必須趁現在就設法。因為在校成績會嚴重影響之後的警察人生。不管怎樣都得先爭取分數。問題是，就算如此也不能出賣同伴去告密。如果老是做那種缺德事，最後也會被教官看不起。那麼到底該怎麼辦？不消說，當然是在課堂上堂堂正正展現自己有能力就行了。」

日下部抓住海苔，從袋子抽出。

「我再重複一次，若是我的話也可以替准前輩調度——弄來不那麼缺德的分數。」

日下部抓到的不是海苔而是乾燥劑的小袋子。察覺那個，是在「怎麼做」這句話從自己的嘴裡冒出之後。

3

擠在狹小廚房的風間教場學生共三十四人，人人都因這酷熱垮下肩膀。日下部想像在海市蜃樓中伸長舌頭的一群野狗。

扮演屍體的學生被指名，躺在廚房的拼木地板上。日下部從人群的最外側看著那一幕，一邊拿手帕按額頭，為內衣濕透的討厭觸感而嘆氣。流汗，似乎表示自己變弱了。以前在比賽前夕，哪怕是盛夏也理所當然地裹著棉被窩在火爐前。

「這週，要跟大家談的是發現無外傷的屍體時該如何處置。下週，會用這同樣的現場，大致復習一下如何採取指紋與腳印。」

服部在犯罪搜查用模擬民宅響起的聲音，今天也一樣高亢刺耳。如果這個地方，有那種可以清楚判別不快指數的裝置，這位教官每次開口時測量數值肯定會上升。

「今天的教場值日生是誰來著？」

舉手的是石山。

「那麼，你立刻模擬試試。接到報案，你這個趕往某戶民宅的菜鳥巡查——」

服部把手中的指示棒指向石山後，又朝地上躺的學生指去。

「在廚房發現屍體。屍體沒有外傷。——好，這種情況，你認為首先應該注意的是什麼？說說看。」

石山像要窺探服部的臉色似地開口。「是瓦斯外洩……嗎？」

「對，答對了。如果沒有外傷，在考慮病死之前應該先懷疑是瓦斯造成的死亡。這也是為了保護身為臨場者的你們。」

學生們回答的「是」也在這高溫下明顯地七零八落。

「不過，都市的瓦斯不會使人中毒。和以前的煤氣不同，現在已改為不含一氧化碳的天然瓦斯。因此，即使嘴巴含著管子也不會死於一氧化碳中毒了。這點也適用於桶裝瓦斯。」

服部用指示棒的前端，靈巧地把被汗水滑落的眼鏡推回去。

「那麼，為何還會因瓦斯死亡呢？答案是缺氧。從管子外洩的瓦斯一旦充滿室內，相對地就會缺少氧氣。因此無法呼吸，人就會上天堂了。」

日下部瞪視南向的小窗。

覆蓋太陽的微雲，似乎逃往旁邊去了。日照一下子變強。

視線從小窗向下，那邊有張小型餐桌。大概是放在中央會妨礙實習，這張桌子一直是靠牆放置。

「好，除了缺氧還有一個注意要點。不消說，自然是爆炸的危險性。如果進入這種現場，首先必須檢查有無火源。那麼我問你們，這間屋子裡可有會引起火花的裝置？」

服部環視學生。

「很簡單的問題吧？那我找個人回答。今天是幾日？」

十七日，石山回答。

「那就座號十七號。是誰？」

我！這個回答過了一會才響起。舉手的，是與自己一樣站在人群最外圍的學生。兩邊的耳朵都包著白色繃帶。

「我記得你叫做鳥羽是吧？」

鳥羽在幾週前上課時，不僅沒採到指紋，反而還犯下失誤把指紋抹除。總是立刻忘記學生姓名的服部會記得他，可見那件事必然給服部留下深刻的印象。

「你的耳朵怎麼了？聽得清楚嗎？」

對於服部的問題，鳥羽沒有回答。只是把臉稍微傾斜。

「你的耳朵，怎麼了？」

「一點……小傷……」

鳥羽幾乎沒動唇地回答。從口中垂直落下，啪地發出聲音黏在地板上。彷彿就是那樣的聲音。

不久之前他還是同期生當中最快活的男生。一入學就宣言將來要成為白車隊員，比任何人都花更多時間待在訓練室的身影閃閃發光。然而，那魁梧的身體，現在已萎縮。

鳥羽徹底喪失活力的理由，當然是因為聽覺出了毛病，同時想必也是因為成為白車隊員之路幾乎已完全斷絕了。

他的耳朵受傷是在上個月底——六月二十六日中午。那天，據說是在手槍操法課開始之前，去射擊場的學生發現鳥羽戴著耳罩在地上打滾。

耳罩被瞬間膠黏在鳥羽的皮膚上。而且，內部還鑽進大量的螞蟻，咬破了鳥羽左右兩耳的鼓膜——也出現那樣的可怕傳聞，但到底有幾分是真的不得而知。不過，那件事一發生，鳥羽的好友稻邊這名學生就退學了，可見兩人之間肯定有什麼過節。

鳥羽前面的學生自然分站兩邊，讓出一條小路。鳥羽走過那裡，來到服部的面前。

「那麼，準備好了嗎？我再問一次。這個屋子裡有引起火花的裝置嗎？」服部把指示棒放在石山的頭上。「仔細想好再回答。如果答錯了，你的親愛夥伴可就要倒楣囉。」

鳥羽保持沉默，只是上下左右移動視線，放眼環視廚房。

過了三十秒後服部發出不耐煩的聲音。「好了，快點回答。」

「我正在想。」

「拖拖拉拉的會害夥伴倒——」

「我正在想。」

我正在想。這句話似乎不是騙人的。從表情便可看出他正拚命試圖集中心神。但是或許是耳朵受傷令他無法專心思考。

當過拳擊手的自己也有經驗。太陽穴被對方的勾拳擊中，那個衝擊令左耳鼓膜破損時真的很慘。接下來整整有兩個禮拜的時間，眼前好像一直有大型抽風機的扇葉在不停轉動。腦中充滿嗡嗡嗡的雜音，無法理出任何思緒。附帶一提，比起受到衝擊的左耳，反而是右耳的聽力變得更差，真是不可思議。

撇開那個不談，鳥羽現在，的確正用充滿噪音的腦袋認真地試圖找出答案。

過了一分鐘，指示棒在石山的頭頂，不客氣地發出啪的一聲。

「鳥羽，你不用回答了，下去。」

「請等一下。」

鳥羽走到流理台前，拉開下方抽屜，取出吸管。然後用掛在瀝水架上的乾毛巾開始摩擦那個。

「這樣引起靜電後，若是在暗處，應該可以看見火花。這樣答對了嗎？」

這次輪到服部啞口無言。

「……和我預想的答案稍有不同。算了，就算你過關吧。」

用那樣的耳朵思考事物，需要相當的體力。最好的證據就是，行禮退下後，鳥羽的雙肩因為喘息而微微聳動。

「還有人知道其他方法嗎？誰知道？」

日下部舉手，服部在眼鏡後方瞇起眼。

「你，叫什麼名字來著？」

「日下部准。」

「日下部……你該不會是，這個班級的級長？」

「您說得沒錯。」
「真奇怪。每年，我起碼會記得級長的姓名……為什麼就是對你沒印象呢？」
若非成績優秀的學生，連姓氏都懶得記住。日下部記得國二時的班導師就是這種人。做夢也沒想到十八年後，居然還會遇到那個老師的同類。
「我可以回答了嗎？」
「請說。」
「是日光燈。」
好，答對了。說完後，服部的眼睛略微睜圓。
「不過，日下部。在這屋子裡，另外，還有視操作方法而定也能引燃的東西喲。你答得出來嗎？」
日下部假裝思考。一邊假裝，一邊在內心默念服部接下來應該會說出的台詞。
——這個房間的話，還有兩個喲。
「這個房間的話，還有兩個喲。」服部說。
——如果答對了，就准你不用考試好了。
「如果答對了，就准你不用考試好了。」
日下部一邊在內心偷笑，一邊環視室內，這當然也只是「假裝」。
這樣皺眉數秒後，他走近牆邊，拔起電話線。另一隻手，握住流理台水槽邊的洗碗精。
「這裡——」把電話線的接頭部分稍微舉起後，日下部繼續說：「如果不小心沾到洗碗精，有可能冒出火花。」

服部的眼睛恢復正常。

「對，答對了。這叫做漏電現象。這個名詞，各位如果去現場，一定會一再聽到。最好趁現在記住。——還有呢？」

服部就像西洋劍選手那樣彎起手腕，把指示棒的前端倏然伸到日下部的鼻頭。服部乍看似乎冷靜，其實很容易發怒。這點也與中學時那個班導師一模一樣。

日下部把洗碗精放回原位。然後，順手拿起裝在柱子上的停電用手電筒。

他旋轉筒狀的蓋子，從裡面取出兩枚單二型乾電池。

接著他拿起扔在水槽裡的鋼刷。把彎曲糾纏的鋼絲仔細梳理開，拉得又細又長。

然後，把兩枚電池直排相連，把鋼絲的一方接觸正極，另一方接觸負極。

那堆鋼絲立刻變紅，旋即開始靜靜燃燒。

服部放下指示棒。薄唇還是微微張著，但並未發出聲音。

日下部撇下正在苦思該如何發言的教官，悄悄對樫村使眼色。他也以眼神回應，在胸口以下微微朝他豎起大拇指。

——要提高成績，其實意外地簡單。重點是人脈與情報。

日下部在腦海反芻，前天凌晨，這個調度販子說過的話。

——我教你一個方法吧。你不妨回想一下國中與高中時。那時你在考前都是怎麼做的？你沒有向學長借過前一年的考題嗎？

被他這麼一說才想起，的確借過兩三次。

——同樣的事，在這裡也照做就對了。要向前幾期的學生討情報。例如後天第四堂課的犯罪搜查。寫有上課預定內容的大綱，應該早已拿到了吧？請你回想一下內容。是「發現無外傷屍體時的因應措施」。

——上那堂課時，據說服部教官在前期和再前一期，都問過學生同樣的問題：「這個屋子是否有火源？」

——漏電現象姑且不說，用電池與鋼刷生火，這種事通常誰也不知道。那個超級虐待狂的教官，他是故意問這種不可能答得出來的問題，再拿那根棍子敲打學生取樂。

——如果這時候對他還以顏色，教官看待准前輩你的眼神一定也會改變。

「日下部，其實，」服部終於開口了，一邊珍惜地撫摸指示棒的前端，「你好像挺優秀的。之前雖然不起眼，但這就是俗話說的深藏不露嗎？」

日下部想不出該如何回話，只能以苦笑回應，服部也再次瞪圓了眼。

「既然你對起火方式也很瞭解，該不會，對這個——」

服部面帶笑容走近桌子，把桌上的塑膠罩掀去。

「你或許也有印象？」

4

逮捕術的課，前後加起來應該已上過十次了。但是，柔道服搭配劍道的護具——這種怪異的服裝組合至今還是無法習慣。在通常只穿一條短褲格鬥的人看來，那種打扮只能以奇妙來形容。唯一習慣的大概只有護襠吧。

在風間教場，沒有人不知道自己的級長以前是拳擊手。這點雖然眾人皆然，但接下來的反應就分成兩派了。有人因此嚇得退避三舍，也有人反而刻意挑釁。

然而，唯有現在在眼前的都築，似乎不屬於任何一派。他時而避讓，時而強硬。軟硬自如，而且身手輕盈。

不過，要看穿他接下來會使出什麼招式，其實並不難。因為視線會透露一切。當他的視線對著這邊的上半身就會向前出拳，對著下半身的話就會踢。非常容易理解。

他不懂實戰不可欠缺的佯裝攻擊。

「在現場可不管用。」

本來只不過是隨口自言自語，沒想到有意外效果。都築面具後面的眼眸微微飄忽。

身體在同一時間自己動了起來，大概是昔日養成的身手吧。輕輕一記刺拳威嚇後，他繞到背後抓住對方的手臂。就在他順勢扭起手腕的關節，準備施展「小擒拿手」的變化招式時，

「停止對打！」

指導教官宣告下課。

眾人開始回更衣室，唯有日下部，走向道場的角落。離下一堂課還有充分的時間。沒必要那麼急。

道場角落的小收納櫃，放著預防肌肉酸痛的噴霧器。活動身體後，頻繁使用那個，是十年拳擊生涯養成的習慣。

與同屬第四組的成員一一對打的身體，果然到處發出哀號。幾乎毫無中場休息地對打了將近一個小時，雖說是前任拳擊手，畢竟已經年過三十，體力實在吃不消。

日下部手扶著腰探頭湊近收納櫃。

噴霧器不見了。

不，是被人藏起來了。想到這裡時，腳步踉蹌，視野所及之物全都開始晃動。

雙膝同時跪倒，他不禁雙手撐著榻榻米。喉頭深處感到的是味噌湯的味道。肚子裡的午餐開始逆流。

察覺某人的動靜，大概已痛苦扭動身體過了兩三分鐘吧。

他以躺臥的姿勢仰望的前方有個白髮人物。

是風間。這位指導教官，不時會像忽然想起來似地，跑來旁觀自己帶的學生上課的情形。

日下部抓住他伸出的手，總算勉強坐起上半身。

「被整了。」

一說話側腹就會痛。

以前也嘗過同樣的感覺。記得是在關係到能否晉級B級的那場比賽第三回合，遭到對方一拳擊倒，肋骨出現骨裂時。

側腹的痛楚每秒不斷增強。

不只是側腹，背後、大腿，凡是護具無法徹底保護的部位，全都感到鈍痛。剛才上課時，除了都築之外，其他對手違規施展的拳打與腳踢，都擁有超乎預想的破壞力。

風間緩緩開口：「你知道自己為何會被整嗎？」

「大概是要報復吧。」

雖然回答了，但自己對那個答案並不認同。

剛才上課時，他和五名學生對打過。其中以違規招式攻擊他的學生有三人。三人之中，曾被他檢舉過違反校規的只有一人。

「但我不記得自己做過什麼壞事。」

「在這所學校，動不動就會發生不合理的事。——大家漸漸認定，模擬民宅的小火災是准前輩的過失。對此你同意嗎？」

是一週前的課。服部掀開的塑膠罩。底下，放著直徑五公分的黑色圓形物。起初他還以為那是杯墊，再仔細一看才發現不對。不是東西放在上面，是桌面留下那樣的污漬。那是燒焦的痕跡。有人在桌上燒過東西。因此好像把桌面板也燒焦了。

小火災損毀的公物。一旁，自己流暢地答出起火的方法。之後，自己就徹底被當成「因為抽菸不慎而破壞公物」的嫌犯。

見他沉默不語，風間屈身坐下，視線與他齊平。

「我是在問你，燒焦桌子的是不是你？」

「不是。」

「我想也是。火災的罪魁禍首，不可能在起火現場，而且是當著眾人的面前得意洋洋地揭露起火方法。只要稍微想一下就知道。問題是，每個人的腦中，都已形成強烈的印象。是你在廚房想抽菸，結果引發火災——就是這樣的印象。」

「……看來正如教官所言。很遺憾。」

「起火的方法是誰教你的？我不相信你會有那樣的知識。——這麼說冒犯你了嗎？」

「不會。」

他只是搖頭，卻沒有供出樫村的名字。

「是樫村嗎？」

隱瞞的名字突然被教官丟出，但他並未動搖。因為他連那樣的餘裕都沒有。側腹的疼痛每秒倍增。

「先開口要求交換的，是你嗎？」

「……什麼、東西的、交換？」

「成績。也可說是分數。」

這次或許果真流露出狼狽的神色。被教官看穿了。

「樫村提供的主意，以意外的方式害了你。當然，你想必很恨他吧？」

他假裝痛得說不出話。

「其他的學生呢？你不恨他們嗎？你好像被揍得很慘。」

上週，舍長尾崎說的話似乎不假。

雖有嫌疑，但或許是因為有不在場證明，校方還沒有傳喚他。另一方面，因為未找到縱火犯而繼續遭到連帶制裁的學生們，拚命想盡快解決這種事態。

「還有兩個半月，你挺得住嗎？或者，你已經心生退意了？」

「不，」他緩緩搖頭，「我不會再次被刷掉。」

「刷掉？被什麼？」

「篩子。」

風間驀然小聲笑了。

「對你而言，拳擊場與這所學校都是篩子嗎？」

「……我認為是。」

對自己而言，拳擊場的地面素來鋪設的，不是帆布而是鐵絲網。網眼正好可容一人鑽過。為了避免被那個網眼篩落，他拚命在尋找可以站立的位置。

「拳擊手時代」平均起來，若將自己打中對方的拳頭當作一，被對方擊中的拳頭大概是三或四吧。自己就是敗在那點。真正耐打的選手，即使挨到五或六個鐵拳，還是能在纖細的鐵絲網上牢牢站穩雙腳，最後奪得勝利。

「真有意思。以前，我也問過別的學生：『警察學校對你而言，是什麼樣的地方？』結果那個學生的回答跟你一樣。」

「是嗎？」

日下部以手撐著榻榻米，緩緩站起來。風間也起立。這時風間的臉已恢復平靜無波的水面，再也無法從那裡看見一絲波紋。

5

一回到宿舍房間，就在椅子淺淺坐下。

他放鬆身體靠著椅背。

疼痛未消。骨頭彷彿化為爐灶的木炭，全身發熱。雖然去福利社買了冷卻噴霧，對著手腳狠狠噴了半天，但面對這種酷熱，噴霧器的效果也持續不了多久。

日下部從椅子抬起沉重的身體，脫下汗濕的T恤隨手一扔。換上制服，將警棍插在皮帶後離開房間。

一走出宿舍，就有種被人用厚重棉花覆蓋嘴部的窒悶。燒灼的地面冒出的蒸騰熱氣，即便到了這個時間依然不容小覷。

今天也有警備勤務正在等著。所以不能吃晚餐。疲勞到這種地步時，如果不小心填飽肚子，肯定會立刻遭到睡意攻擊。

飢餓還能忍，但搭檔又是樫村，這點卻令他難以忍受。

——你不恨樫村嗎？

想起在武道場被風間問到的問題。若說不恨那是騙人的。

——我壓根沒想到准前輩會被懷疑。

本週初，樫村前來道歉時，起初他置之不理。事到如今就算道歉，也已於事無補。

樫村道歉的樣子，感覺上並非刻意。但是此人向來精明又機靈，八成老早就已知道，校方公告中的「校內設施」是模擬民宅，「公物」是桌子。

他為何會選擇曾任拳擊手的級長當「替罪羔羊」？是因為自己正卯足勁想提高成績嗎？或者，也許是因為他認為，自己是教場最愚笨的傢伙。

不管怎樣，自己無法責怪樫村。如果那樣做，只會讓自己更丟臉。而樫村，大概也只是想早點擺脫校方限制行動的處罰，所以這件事就此不再追究也行。

只是，現在，還無法在近距離與他打照面。

為了躲避強烈的午後陽光，他加快腳步，練習派出所很快就出現在眼前了。

進去一看嚇了一跳，因為風間在裡面。他正安然端坐在椅子上。

在他面前放著對折的報紙。肯定是風間帶來的。好像是今天的晚報。

至於樫村，他正坐在風間的對面。不，就他略顯侷促不安的樣子看來，或許該用被迫坐著來形容更恰當。

日下部，你也坐下。風間以眼神如此催促。日下部在樫村的旁邊坐下。

「派出所勤務如何？已經大致有概念了嗎？」

是。日下部比樫村慢了一拍才回答。

「那就好。不過接下來，如果我說要針對你們兩人進行特別課程，你們一定會覺得很煩吧？」

「不，沒那回事。」

樫村微微調整屁股的位置，一邊重新坐正一邊恭敬回答。

「那你呢？日下部。」

現在已經夠疲憊的了。在教官面前很緊張，精神上也會增加負荷，可以的話實在對這種事態敬謝不敏。然而，在這種狀況下，

「請教官務必指導。」

除了這樣邊說邊低頭行禮別無選擇。

「那麼，我就教你們派出所勤務的兩個重點。我畢業分發時被派去靠近鬧區的派出所。在那裡，特別重要的任務有兩項。你們覺得是什麼和什麼？」

風間將視線對著樫村。

「鬧區是嗎？那麼，首先應該是收容醉漢吧。」

「答對了。——樫村，這個答案讓你很失望嗎？」

「不會。」樫村搖頭，嘴巴抿成一條線。

「真的嗎？好好的大學畢業生，居然得去應付醉鬼。」

「我已有心理準備。與各種人打交道正是警察的職責。」

「好樣的！——那麼，另一件重要任務是什麼？」

風間的臉，這次對準自己。腦中準備的答案，剛才已被樫村先說了。另一件……？是什麼呢？想不出來。

「是巡迴聯絡。市區與周邊地區不同，較難掌握居民的動向。因此必須頻繁地挨家挨戶造訪。」

「我會牢記在心。」

他盡量嚴肅地點頭後，風間也微微收起下顎回應。

「收容醉漢。巡迴聯絡。關於這兩者，我再稍微講詳細一點吧。首先，先談談面對酒醉者時，必須注意什麼地方。——樫村，你來做做看。」

「做……？請問要做什麼？」

「模仿醉漢。」

樫村起立。面帶羞澀地思考了一會之後，在狹小的練習所內，戰戰兢兢地以不穩的步伐走了幾步路。

「這樣子可以嗎？」

「很好。——日下部，你要怎麼應付這種醉漢？」

日下部也自椅子起身。「好好勸說，讓他安分回家。」

「勸說嗎？如果那樣管用就不叫做醉漢了。」

「那麼，根據隨身物品查出住址，把人送回家。」

「你覺得實際在現場工作時有那種空閒嗎？要處理的事案分分秒秒不停上門。那就是第一線，這我應該老早就告訴過你們了。」

不然該怎麼辦？就在束手無策之際，風間靠過來。他的手碰觸自己的腰部。

「你這裡倒是帶了一樣好東西。」

風間碰觸的是手銬。

「……難不成，要用這個嗎？」

「這沒什麼好驚訝的吧。」

「可是……。那種行為，可以容許嗎？」

「沒關係。對方已經酩酊大醉。難保身體不會撞到哪裡受傷。」

「原來如此。是以確保安全的名義嗎？」

「是的。是為當事人著想才用手銬。找個裸露的鐵管之類的地方，把一隻手銬在那上面就行了。不過，不消說，當然要選擇從派出所外看不見的場所。」

「知道了！」

雖然他如此毅然回答，風間還是沒離開身旁。

裝成醉漢在狹小的空間走來走去的樫村，似乎也敏感地察覺現場氣氛的變化，放慢了腳步。

「……請問，還有事嗎？」

「既然知道了，那你為什麼不用？」

「用什麼？」

「當然是用這個。」風間的手再次伸過來碰觸手銬。「虧我好心教你。你不妨實習看看。」

把樫村銬起來！風間似乎是這個意思。

日下部與樫村四目相接。樫村的表情，似乎閃過一抹怯意。

雖然覺得這樣好像太過火了，但教官的意思不容違抗。原諒我。日下部一邊在心裡嘀咕，一邊抓起樫村的手臂，在一隻手腕銬上手銬。接著，他尋找類似「裸露的鐵管」，但是沒找到，最後只好以雙手銬住的形式，讓樫村在椅子坐下。

「請問這樣行了嗎？」

「行。——接著我再談談巡迴聯絡吧。」

「請等一下。」樫村上半身向前傾，鐵青的臉孔靠近風間。「在那之前，能否先幫我把這個解開？」

「不好意思，請你別插嘴好嗎？——我要講解巡迴聯絡。聽好了。」

樫村張著嘴就這麼僵住了。日下部也不知該如何反應，只能傻傻地站在原地發呆。

「巡聯是派出所業務中最重要的一項。不過，即便挨家挨戶去訪問，往往也很難見到該戶的居民。市區的情況尤其如此。日下部，若是你的話，你認為應該怎麼下工夫？」

「挑選夜晚或清早去拜訪，您看如何？」

「那也是一個辦法。但是那不保證一定能見到人。——樫村，若是你會怎麼做？」

「重點是，教官。這個手銬——」

「若是你會怎麼做？樫村。」

樫村的喉結劇烈聳動。接著露出格外痛苦的表情，大概是因為喉頭火辣辣地刺痛，無法順利吞嚥口水吧。

「所、所謂的預告巡聯您看行嗎？對於不在家的居民，可以利用巡邏卡，事先通知下次預定造訪的日期時間。再不然，也可以請對方以電話通知派出所什麼時候會在家。」

「這是教科書的標準答案。——其他的呢？應該還有簡單有效的好方法吧？」

日下部的視線從風間轉向樫村。

想和樫村的視線相對，卻做不到。樫村的目光恍惚失焦。彷彿在追逐停在桌上的蒼蠅，略微向下的眼眸不安定地游移。

「不知道的話那我告訴你們吧。就是製造幫手。公寓及大樓管理員，或者該區自治會長。還有，遊走各家庭的商店經營者。換言之，是掌握管區居民生活實態的第三者——與這樣的人物建立關係，確保對方成為警方的幫手就行了。只要能得到這些人的協助，便可輕鬆掌握居民的家庭環境與動向。——知道了嗎？日下部。」

「是。」話題忽然丟過來，他慌忙轉頭面對風間。「意思是說，警察的工作不能單靠一個人完成是嗎？」

「沒錯。還有，順便再記住一點。不僅是警察，這對犯罪者而言也一樣。壞事同樣不見得是一個人完成的。——對吧？樫村。」

樫村沒回答。不知何時，他已滿頭大汗。也許是因水分而滑落，圓形眼鏡已落到鼻頭。但是，他並未將眼鏡推高，只是一直微微顫抖。

可以把手銬解開了吧——日下部朝風間走近一步，準備如此進言。

幾乎是同時，胸口感到輕微的撞擊。收顎低頭一看，是風間拿報紙的手，像要蓋住襯衫鈕扣般抵在自己的胸口。

「你看一下。社會版。」

他接下報紙，從後面往前翻。

尾崎那張大餅臉，被框在方形框格裡，出現在版面中央的位置。「K警署巡查部長，涉嫌持有安非他命遭到逮捕」。在社會版被當成第二號新聞大幅報導。

「在模擬民宅引發火災的是尾崎。」

尾崎在模擬民宅的廚房烘烤安非他命準備吸食。差點被人撞見。他在驚慌之下焚燒小袋毒品匆匆逃逸。結果，就把桌面燒焦了一塊。——風間的說明迅速簡短。

「樫村，老實回答我。是尾崎找你交換的吧？」

不知是點頭同意，還是頹然垂首，總之樫村的頭縱向動了一下。

日下部閉上眼。頭很痛。很像腦袋左閃右閃還是沒有成功閃過對方的鐵拳，只被拳擊手套的一半擊中太陽穴時那種半吊子的痛楚。

樫村替尾崎調度？調度什麼？毋庸多想。自然是「無罪」。

「你收了多少錢？」

「……三萬圓。不過只拿到一半當前金。還有一半沒拿到。」

尾崎交給樫村的信封閃過腦海，日下部睜開眼，把報紙放回桌上。

他緊握著手銬鑰匙抬起頭。窗外，早已日落。

一如之前那次，玻璃窗上映現自己的身影。那張面孔，睽違已久地神似牛蒡。

第五話　異物

1

盤子邊緣停了蒼蠅。這已是第三次了。

由良求久揮手趕走黑色昆蟲，把沒有味道的根莖蔬菜送到嘴裡。

福利大樓一樓的餐廳——。西北角的位子，日照不佳，桌上有惱人的污漬，距離配膳台最遠，而且完全背對電視螢幕。還有，不知是何原因，偏偏黑蒼蠅特別多。

沒有人喜歡坐在這個角落。除了自己以外。

只要沒有喪失每次揮手趕蒼蠅的耐心，這裡其實是他很喜歡的位子。最主要的是不會聽見不想聽的無聊閒話。這是可以讓耳朵休息的少數機會。

午餐選的，是根莖蔬菜燴飯套餐。

這樣的菜色以往不到五分鐘就會吃光，今天他卻花了十五分鐘，而且還剩下一半以上就起身離席。

大約兩週前，他罹患了嚴重的熱感冒。發燒與關節痛雖已完全消除，唯有食欲至今不振。

走到歸還餐具的窗口，地板有點濕。好像有人把杯子的水灑了。

距離下一堂課還有四十分鐘的時間。

今天已向理髮店預約。理髮店同樣位於福利大樓。沿著食堂前的走廊一直走到底，就是理髮店。

但是，由良出了食堂後，中途就右轉上樓。

他緩緩行經福利社與圖書室前。

來到休息室前時，他忽然拔腿就跑。跑到走廊盡頭轉彎，藏身之處是廁所。

豎起耳朵後，沒等多久，便有一個腳步聲接近。是用跑的。好像從地面略微飄起，是那種不太感覺得到體重的腳步聲。

腳步聲經過廁所前面時放慢了速度，之後再也聽不見。是因為跟丟了自己，所以停下腳步了。

由良從廁所出來，與腳步聲的主人對峙。圓鼓鼓的臉頰是最大的特徵，那張臉孔果然是安岡學。

「我都不知道。原來你的志願是當刑警。」

這麼奚落後，安岡的臉頰表面積又擴大了幾分。

「我的志願才不是當刑警。」

由良走近一步，微微抬高下巴，擺出從上方俯視的姿勢。「那你為什麼要跟蹤我？」

「我只是好奇由良巡查要去哪裡。」

「虧你能跟上來。」

打從他走出食堂時便察覺安岡的動靜。右轉上樓梯時，本來以為已利用人潮甩掉安岡。

「得感謝那個。」

安岡指著由良的腳下。

他想起歸還餐盤時，食堂的地板是濕的。鞋底如果沾了水，當然會在堅硬的地板留下腳印。

「對了，你這傢伙，特別擅長追蹤嘛。」

之前上犯罪搜查課，教官服部在模擬民宅的院子鋪的泥土上，悄悄留下腳印。讓學生去找出來，結果只有安岡一個人全部發現。

「那麼厲害的話，應該也可以預言吧，不如你來猜猜看。」

「猜什麼？」

「我的目的地。你應該知道我正要去哪裡吧？」

「我哪知道？」

「我有重要的事。提示是這個。」

由良把手掌放在自己的頭上。

「我真的不知道。總之，我想說的是，拜託你好好做值日生的工作。所以現在你如果跑了，我會很困擾。」

今天第三堂課是特別課程，預定上「公用四輪駕駛技術講習會」。指導教官風間好像會從縣警本部那邊帶講師過來。

關於那個，當然早已記在腦中。而且，也記得自己負責講習會的準備工作。而那項工作必須與安岡搭檔進行的事，基本上，他也記得。

「快走吧。已經沒時間了。」安岡指著窗子。

從現在所在的福利大樓二樓俯瞰西側，正好是第三堂課上課舞台的大型停車場。

「到底要我講幾遍？我還有事。那麼想工作的話，你一個人去做好了。」

「要排三十個三角錐耶。我一個人沒辦法。」

由良把自己的手腕朝安岡伸出，給他看手錶的錶面。「還有三十分鐘。一個應該用不了一分鐘吧？你絕對做得到。」

我走了。他說著推開安岡，朝通往一樓的樓梯奔去。錯身而過時，

「為什麼會和這種傢伙分到一組？」

他逕自替安岡說出內心話。

走到一樓，進入理髮店。

「歡迎光臨！」

以清脆的聲音打招呼從裡面走出來的，是從未見過的年輕男子。年紀大概才二十上下吧。每次在店裡的老理髮師好像請假沒來，到處都沒看到那張皺巴巴的臭臉。

這個似乎是被臨時派來代打的年輕男子，腦袋兩側剃得青青的，還打著領帶。與其說是理髮師，氣質更適合當銀行行員，但是看他穿著插了多支剪刀的圍裙顯然的確是理髮師。

「您是事先已預約的……由良先生？」

理髮師說到一半頓住，面露詫異，大概是現在才慢半拍地發現由良的髮型。

是的。由良簡短回答後在椅子坐下。

「請問，您想怎麼剪……？」

「剃光頭。」

「啥？」

所以說新來的理髮師就是麻煩。

「幫我剃光頭。」

「意思是說，比現在更短嗎？」

看著鏡中自己的頭，由良頷首。現在的長度大約有六、七公釐，是俗稱三分頭的狀態。依照世間一般常識這已是充分的「光頭」了，所以也難怪理髮師會困惑。

「那就剪成五厘[13]左右？」

他搖頭。

「那，三厘左右？」

他對這句話也搖頭，然後只豎起一根手指。

13 五厘約為二公釐，三厘約為一公釐，一厘約為〇・三公釐。

2

走出福利大樓，八月惱人的熱氣成團撲面而來。

剃到〇．五公釐後，只要頭稍微一歪，制服帽就可能滑落。由良抬手隔著帽子按住頭，朝大停車場趕去。

已大致到齊的風間教場的學生們，全都面帶沉思。看來大家都沒想出什麼好方法來熬過這酷暑。

大停車場並非專屬於警察學校，是和鄰接的縣府機關共同使用。所以占地極廣，足以停放數百輛車子。其中一角，有三十個三角錐，以七、八公尺的間隔排成圓形。

看來安岡一個人做到了。

而且，大概也是安岡開來的——在學生面前還準備了一輛練習用的警車。

找到滿身大汗的安岡後，由良站在他身邊。從旁邊拿制服帽對著那張令人聯想到燒紅的小石子的臉孔搧了兩三下。

「我說得沒錯吧？你一個人也做得到嘛。」

從下向上仰視的安岡，大概是想擺臭臉，眉眼之間倏然擠在一起。但似乎因此令汗水滲入眼頭，只見他緊閉一隻眼，慌忙從長褲口袋取出手帕。

安岡的身高只有一百六十一公分。體重四十九公斤。勉強符合報考縣警的體格限制——一百六十公分，四十七公斤。把三角錐從倉庫搬出來排放的作業若要一個人進行，或許他的體型的確太過單薄。

「順便一提，十日晚上與三十一日傍晚，如果你也能一個人搞定就太好了。」

八月十日的晚上有警備勤務，三十一日傍晚有校內美化運動。兩者都是正好分到與安岡同組。

也許是打算發出「別鬧了」的「ㄅ」那個音，安岡噘嘴時，風間出現了。背後還跟著一個身材矮胖年約五十的男人。

「這是今天擔任講師的神林警部補。」

風間介紹後，體型矮胖的男人摘下帽子輕輕行禮致意。稀薄的頭髮，被整髮劑弄得格外光亮。

「請多指教！」

學生們齊聲喊道。但是，由良只是假裝回答沒出聲。他向來如此。

「神林組長隸屬於縣警本部的交通機動隊。是駕駛警車二十五年的資深駕駛。——還有，正如之前也提過的，為了比賽，教場要先舉辦預賽來選出一名代表。屆時神林組長也會前來。」

這項比賽，是指下個月下旬，畢業前夕即將舉辦的，以全國警校初任科學生為對象的「交通取締技能競賽」。

「天氣雖熱，但大家忍一下。今天要仔細觀摩組長的駕駛技術。」

風間退下，神林緊接著上前。他的襯衫領口，代表警車駕駛的藍色ＰＣ徽章耀眼地反射陽光。

「在場的各位，有人希望將來成為警車駕駛嗎？」

意外地，神林的說話態度非常謙和。

警車駕駛做久了，人格都會改變——經常聽到有人這麼說，是因為每次只要警笛一響，其他車輛統統都得閃避到路肩。據說ＰＣ徽章的擁有者，因為長久之間都獨占公用道路，會有種唯我獨尊的氛圍。

但是，這位講師似乎是例外。

剛才的問題，有幾人舉手。由良一直把手在背後交握。

「要成為警車駕駛，必須先通過檢定考試。檢定分為一級至四級。要鳴響警笛閃著警示燈行駛——也就是緊急行駛，必須通過二級以上的檢定。難度相當高，因此各位最好有心理準備！」

神林突然在語尾用力。眾人不禁微微挺直腰桿。

「不過，也有些大人物把警車當成計程車。如果遇上這種人當上司，那你很幸運找到升官的捷徑。所以立志當駕駛絕對值得。」

話風一轉，掀起笑聲。

從這軟硬自如的說話方式看來，這位神林警部補，似乎相當習慣這種場合。大概經常被請來這種講習會吧。

「首先由我來示範一下好了。」

神林坐進駕駛座。或許是因為動作太過簡單俐落，看起來甚至像是被吸進車內。

練習車在以七公尺間隔放置的三十個三角錐之間穿梭，開始蛇行。帶著輕快的輪胎傾軋聲繞行一周回來後，神林坐在駕駛座上對學生說：

「絕對不能出車禍的車輛，那就是警車。因此握方向盤的人，必須擁有以一公分為單位操作車輛的技術。第一要務就是要完全掌握車輛感覺。」

由良在臉前揮手。因為飛來巨大的蜂類。

是黃蜂。那是他最討厭的生物。

十年前，他被這種蜂螫過。全身出現紅斑還有低燒的現象，痛苦了整整一天。

如果又被螫到，這次會有生命危險。對異物的過度免疫反應——一旦發生過敏性休克，會降低心臟功能，令血液無法輸送至腦部。導致意識不清，最後無法呼吸。

他從小生長的地方是綠意盎然的近山地區，每到夏天就有很多人被蜂螫。老家附近也有老人因過敏性休克死亡。臉孔腫得判若兩人。小時候目睹的那種情景，至今仍會不時出現在夢中。

那隻蜂的身影融入藍天消失無蹤後，神林下車了。

「之前有好幾位同學說想當警車駕駛是吧？既然有這樣的夢想，理所當然，應該也擁有我剛才示範的那種技術囉？那就請同學們稍微表現一下吧。——剛才那幾位同學，請再舉手一次。」

眾人似乎被神林帶有挑戰意味的言詞嚇到了。這次無人舉手。

「由良。」突然間，風間喊他的名字。

「有！」

「我安心了。」風間淺笑。

「……您指的安心，是什麼意思？」

「因為剛才你的嘴巴明確發出聲音了。」

看樣子之前動嘴不出聲的舉動，被這位指導教官看得一清二楚。

風間朝他招手。由良上前。

「你是今天的值日生吧。那你上車試試？」

之前，調查每人的志願分發單位時，他填寫的是汽車警邏隊。現在風間雖然說什麼值日生云云，其實應該是想起由良當時填寫的志願表吧。

由良坐上駕駛座。

他從小就喜歡車子，或許是受到當長途卡車司機的父親影響。把汽車學校的入學申請書放在旁邊，在十八歲生日來臨前天天在月曆日期上打叉的日子令人莫名懷念。

四輪蛇行的訣竅，在油門與方向盤的關係。邊踩油門邊打方向盤的話，車子就會輕易向外側跑。鬆油門的時候再打方向盤是鐵律。

另一個訣竅是設定目標物。視線盡量放遠，不要注視眼前的三角錐。乍看之下很危險，但這樣其實可以減輕大腦要處理的情報，駕駛起來會更容易。

眼前出現黃色物體橫越，就是在他花費與神林同樣的時間跑完半圈時。

他不知道和之前飛到臉前面的是不是同一隻。但是，現在目睹的是黃蜂，這點從令人聯想到摩托車引擎聲的低沉拍翅聲便可確定。

就在這輛車內。

他慌忙想踩煞車。但車子不知為何停不下來。反而開始加速。他把煞車與油門弄錯了——醒悟這點時，車子已開始朝著學生的隊伍衝去。

學生們立刻往旁邊散開，但有一個人，沒有及時逃走。是安岡。他瞪大雙眼，呆立原地。

就在千鈞一髮之際，有人衝出來，把安岡的瘦小身體往旁推開。

3

左手拿的手電筒已相當燙。他換到右手。

空出來的左手當團扇用，替自己的臉搧來溫熱的夜氣順便朝手錶投以一瞥，開始巡邏校內至今已過了二十分鐘。

他走得很快，所以大概已走了三千步吧。

安岡又不見了。他剛才明明就走在身旁，僅僅領先半步。打從剛才，就頻繁出現這種現象。

相較於一百六十一公分的安岡，自己的身高有一百八十七公分。安岡的身體，只要稍微接近就會逸出視野之外。要讓他時刻出現在眼中或許才是強人所難。

「你知道嗎?安岡。」

「什麼?」

「有個很矮的男人，一心想通過警官考試，於是戴著塞了東西的假髮去考試。」

「結果呢?」

「一下子就被發現只好束手就擒。」
「不會吧？他被逮捕了？」
「對。是真的喔。」
「這種事我頭一次聽說。」
「我想也是。因為是外國發生的事。」
他們經過值夜室前。或許是無人在，門上的小窗沒有燈光。
發給學生的值夜教官預定表上，八月十日的預定人員是風間，不知實際如何。
風間今天也整天都沒露面。該不會還在請假吧？
「喂，等一下。」他對安岡出聲，把他叫住。「這裡也檢查一下吧。」
他說著指向的，是走廊的右側。那是放掃帚與園藝用剪刀等用具的用具室那扇門。
「剛才這裡面好像有聲音。」由良拿鑰匙打開用具室的門。「你進去看看。」
安岡點頭，朝用具室內跨出一步。
由良把右手往前伸。朝安岡的背猛然一推。然後立刻上鎖，離開現場。
「喂……你想幹嘛！快開門！」
他對安岡隔著門傳來的聲音置之不理，逕自走過走廊。彎過一個轉角後，按下無線電對講機的開關。「喂，聽得到嗎？」
「別鬧了。快放我出去。」
「沒有可疑人物嗎？你好好檢查一下。」

「沒有啦。」

「噓！安靜點。」

「……沒頭沒腦的到底搞什麼鬼？」

「你沒聽見聲音嗎？」

「誰的？」

「和我們差不多同樣年紀的，年輕男人的聲音。是啜泣的聲音喔。——其實三年前，有一個受不了學校生活的學生，在那間用具室上吊自殺了。」

「……就跟你說別鬧了！」

「是真的。你不知道嗎？半夜如果獨自待在那裡，據說會被那個死去學生的鬼魂咒殺喔。而且，好像是在進房間之後正好過了三分鐘時，會被那個鬼魂從背後拍肩膀。」

由良自己說著，不禁在一瞬間感到有股寒意竄過側腹。

「聽著，就算有東西碰你的肩膀，你也絕對不能回頭喔。因為回頭就會被吸走陽氣。」

「快開門！我求求你。」

「那你就老實說——上次，不是有駕駛技術講習會嗎？那時候，是你放進去的吧？」

「放進去？放什麼？」

「一隻蜂。大黃蜂。」

「放進哪裡？」

「當然是練習用警車內。」

「我才沒有做那種事。」

「少裝蒜了。快點老實招認。」

偏偏在自己開車時，出現最害怕的東西。他不相信這是巧合。視為某人的惡意行為應是最自然的吧。

「過了兩分鐘了。──我可要提醒你，我回去開鎖，還要花三十秒喔。」

「拜託。請你相信我。」

「所以如果你不想被鬼拍肩膀，就在兩分三十秒之內招認。」

「不是我。我發誓。」

「那麼危險的生物，你是怎麼捉到，怎麼放進車內的？」

「請你相信我。」

「你都不害怕嗎？你沒被螫過嗎？」

「我說過了。」

「兩分三十秒到了。很遺憾。鬼鐵定會出現。不過，聽著，你還有救。我再說一次，被拍肩也不能回頭喔。千萬不能。」

「別說了。很恐怖耶。」

「還有二十秒。」

他將手指離開發話鍵等待安岡說話。但這次沒有回音。

「喂。你聽見沒有？還有十五秒，十四，十三，十二，十一。」

還是沒回音。由良從轉角探出頭。不需要手電筒的輔助了。眼睛已充分習慣黑暗。他伸長脖子朝用具室張望，卻無法察覺異常。

「七，六，五，四，三……」

他一邊以無線電倒數一邊走到門前，把耳朵貼在門上。

「安岡……。你還好嗎？」

正好過了三分鐘。某人的手就是在這一刻從背後拍他肩膀。

也許他發出了低微的尖叫。至少可以確定他倒抽了一口氣。

他不認為自己有那麼驚訝，卻已雙腿發軟。踉蹌轉身一看，站在黑暗中的是安岡。

混蛋，別嚇人好嗎。你到底是怎麼出來的——這些話，在粗重的喘息下一口氣吐出後，安岡緩緩舉起手。那隻手拎著鑰匙。好像是用具室的鑰匙。他也有備用鑰匙嗎？但是學生拿到的鑰匙應該只有一把。

這時拿鑰匙的手，離開安岡的身體，倏然往旁一動。他霍然一驚，這時眼前已出現另一個人影。

「執行警備勤務那麼無聊嗎？」

「教官……」

看到風間拿著用具室的鑰匙站在安岡背後時，側腹再次竄過一陣寒意。

「居然用試膽遊戲來打發時間，沒想到你這麼幼稚啊，由良。」

風間的左脇夾著拐杖。右腳裹著石膏。黑暗中浮現的石膏那種雪白，令由良瞇起眼。

「我跟在你們後面想觀察一下你們執行警備勤務的表現，結果就是這樣。我都以為自己成了小學老師了呢。」

「……對不起。」

不是針對把安岡鎖在用具室的行為道歉。現在腦中想的，是駕駛技術講習會的意外。把安岡推開救了他一命的是風間。撞倒風間的是自己。距離那起意外雖已有一週，至今每次想起還是會渾身發抖。

「已經都過去了。我如果要恨，也是恨那隻飛進車內的小昆蟲。不是你。」

「可是——」

自己傷了人。而且傷的是教官……。從那時起，雖然他表面上強裝平靜，其實已不知該如何是好。

「不提那個了，倒是你，有心理準備了嗎？工作摸魚玩怪談遊戲的罪名可不輕喔。」

4

週四第五堂課，陶藝社團活動結束後，總會想起小時候。

滲入指甲縫的黏土。在外面玩到天黑的童年時光，總是會這樣弄得指尖髒兮兮。

在水龍頭下仔細洗手後，由良前往食堂。順道在自動販賣機前駐足，買了一盒牛奶。

距離傍晚的班會還有一點時間。從陶藝社團用的第二多功能室，回到教場所在的本館，要經過聯絡走廊。從走廊途中的逃生門，可以通往武道場後方的花壇。
小花壇的角落，有白色的百日草綻放。
由良把吸管插進手中的盒裝牛奶。含著牛奶，以噴霧器的方式，朝百日草噴去。
「髒死了。你在搞什麼？」
背後有人出聲。不用轉頭也知道是安岡。
「那個，是風間教官種的花吧？」
他沒回答，又含了一口牛奶，噴向植物。
「就算拿花出氣也沒用。如果有意見，不如直接去找當事人說。」
他扭身，把含著牛奶的嘴巴對準安岡，作勢要朝他噴去。安岡慌忙關上窗子，朝教場那邊跑去。
他重新轉回身，把臉湊近百日草一看，葉片的地方還是有大批蚜蟲聚集。
要驅除這玩意，牛奶比農藥更有效。是宿舍圖書室的某本書上這麼教的。如果書中的記述是正確的，逐漸乾涸變得黏稠的牛奶，應該會令害蟲窒息而死。
仰望天空，好像會有一場雨。
由良回到聯絡走廊。把空牛奶盒扔進途中的垃圾桶，趕往本館一看，在第三教場前，今天的值日生已擺出「門童」的架式。可以看見風間出現在走廊前方。
衝進教場抵達自己的位子後，不久風間也拄著拐杖進來了。
「找自己合得來的人組成小團體好嗎？」

這是走上講台的風間說出的第一句話。
突然的指示，令學生們面面相覷。
「如果沒聽見那我再說一次。我要你們找平時合得來的夥伴自由成立小組。現在立刻開始。」
「教官，」一名學生舉手，「一組的人數，要有幾個人？」
「隨便你們。」
眾人一齊離座，朝四處散開。在他們漸漸形成幾個小團體之際，唯有由良一個人原地不動。
坐在椅子上的學生還有一人。是坐在他隔壁的都築。
風間走下講台朝這邊過來。「你們兩個不如組成一組吧？應該會很合得來。」
的確，都築也有一種局外人的氛圍。起初，甚至無法區別你們兩人——之前也有人這麼說過。
玻璃窗噹的一聲。是雨滴打在窗上的聲音。同樣的聲音再次響起時，風間的表情驟然一變。
「由良，這個月的保健委員是你吧？」
「是的。」
「工作來了。」
「嘎？」
「立刻把人帶去保健室。」
「帶誰去？」
風間的目光轉向都築的額頭。

那裡因冷汗而隱然發光。仔細一瞧，都築的表情痛苦地扭曲。看樣子他不是不肯起來，是身體不舒服站不起來。

由良自椅子起身，朝都築伸出手。

但都築甩開他的手，自己走到門口，離開教場。

怎麼辦？由良以眼神詢問風間。

「應該沒事。不用管他了。」

風間轉身離去時，其他的學生好像都已分組完畢了。教場內形成五個集團。

「請問教官，」一起先發問的學生再次舉手，「這是為了什麼目的分組？」

「為了預選。關於『交通取締技能競賽』，前幾天我已說過了。教場必須選出一名學生當代表。」

教場內出現少許騷動。

「接下來，每天要分成這六組進行練習，每組各選出一名代表。兩週後，各組派出的代表將進行預選，表現最優秀的人將成為教場代表。」

「剛才教官說，」一名學生開口，「分成六組，但是明明只有五組吧？」

「不，是六組。」

風間的視線轉向這邊。學生也追著他的視線，一起把臉轉過來。

孤立在窗邊的位子上，由良轉頭對著窗外滂沱大雨的景色。被這麼多人的視線刺穿，實在很不舒服。

「就算只有一人也算是一組。——今天的班會到此結束。」

學生們各自回座，保持起立的姿勢。

「向教官敬禮！」級長日下部喊口令。

敬完禮後，風間的身體不自然地上上下下一邊橫向移動。看來他已相當習慣拐杖了。學生們衝過去想幫忙，但他搖手示意不需要，緩緩走下講台。

由良走到走廊上。朝著風間正要回教官室的背影追去。

「你在苦惱什麼？」

風間似乎光憑動靜就察覺自己的接近。他頭也沒回便這麼說。連心理狀態都被看穿，或許是因為自己的步伐欠缺自信？

「教官，請對我做出退學處分。」

「你還在耿耿於懷嗎？我不是叫你忘了那件事。」

「可是！」

「這裡，的確是篩子。但也可以反過來說。只要是教官判斷應該留下的人才，就算做一對一指導也要留下。這裡就是這樣的場所。」

風間的意思似乎是叫他不要輕易說出退學處分這幾個字。

「倒是你，由良，應該高興一下才對。」

「為什麼？」

「你這組只有你一個人吧？」

「是。」

「那麼你比誰都可以更早確定成為小組代表了。」

來到樓梯。風間拄著拐杖要上樓，身體頓時向後仰。

不用你雞婆——八成會被對方這樣說，但由良還是站到風間的身旁，扶著他的身體。

「不好意思。謝謝。」

預想落空，他不禁窺視風間的側臉。

兩人上了樓。正要鬆手時，風間一個踉蹌。好像是故意重心不穩給他看。之後，也是他覺得應該不要緊了，可是一放手，風間就假裝絆倒。跟我來——直到風間已經經過教官室卻過門不入，他才終於領悟，風間是在默默表達這個意思。

「順便，還得向你說聲謝謝。」

由良不解其意，望著風間的側臉。

「我是說百日草。剛才，替我驅除蚜蟲的人，是你吧？」

關於照料花壇的事他本來打算瞞著不說，但也想過風間說不定已經知道了。這位教官利用學生當間諜，廣泛收集情報的事，即使是被稱為局外人的自己也知道。

走過走廊，朝學生宿舍的方向走去時，風間一直保持沉默。由良忍受沉默跟在他背後。

風間再次開口，是在來到更衣室門口時。

「好像長長了一點吧？」

「啊？您是指什麼？」

反問之後，才醒悟是在說頭髮。

「真令人羨慕。看你頻繁上理容室，想必很有錢。——或者另有原因？讓你堅持把頭髮剃這麼短的原因。」

黃蜂會專找黑色。人類的頭髮正是最明顯的目標。所以春季到夏季之間，他會把頭髮剃得幾乎看見頭皮。

但是，他並未如此說明。就剛才那刻意的口吻觀之，風間肯定早就知道了。

「對了，前幾天的警備實施課時你上課遲到了。」

「對不起。」

一邊道歉，忍不住暗自訝異風間怎會突然在這個節骨眼提起那種事。

「這樣下去不能讓你畢業喔。」

這句話令由良直視風間的雙眼，他無法判斷風間是在說真的還是開玩笑。

「你會遲到，是因為穿上裝備的動作太慢。」

風間倚著牆，手離開一支拐杖後，看著自己的手錶。

「現在就開始練習吧。如果你在五分鐘之內不能著裝完畢，我就如你所願，立刻讓你退學。

——開始！」

「啊？」

「還愣著幹嘛？」本來看著手錶的風間抬起頭。「只剩下四分五十秒囉。」

他慌忙衝進更衣室，打開自己的櫃子。

脫下身上的制服，掛在衣架上吊進櫃子後，換上藍色的整套出動服。衣服經過防水不易燃加工非常堅固耐用，這點值得肯定，但穿起來實在談不上舒適。

最花時間的，是戴上護具的作業。小腿，膝蓋，大腿，腹部，手肘，手臂，從下往上依序著裝頗費工夫。

「還剩一分鐘。」

繫上皮帶，把手銬與警棍插上腰間後，風間宣告還剩三十秒。

「二十九，二十八，二十七，二十六……」

戴上安全帽，把圍巾掛上脖子，一手拿起樹脂製盾牌，站在風間面前擺出敬禮的姿勢時，剩下的時間已不到五秒。

「基本上及格了。」風間的手伸到眼前替他調整好圍巾。「怎麼樣？好不容易才穿上。立刻脫掉太可惜了吧？」

風間再次往聯絡走廊的方向走回去。他只好以這副打扮跟上。

來到昨晚關安岡的用具室，風間把鑰匙扔給他。

「我要你從這屋裡拿東西。」

「請問要拿什麼？」

「園藝用剪刀與垃圾袋。」

拿來做什麼？即便問了，對方八成也不會回答。他默默聽命行事。

接下來要獨自接受警備實施的課程嗎？在這樣的大雨中？

他半帶認真地考慮是否不該再跟著風間。

走出校舍。雨勢眼看著越來越大。

來到可以看見操場的位置後，跑道上有一名學生，正在雨中奔跑。費了一點時間才認出那是鳥羽暢照，並不是因為雨勢。而是因為和入學當初比起來，鳥羽的體型已截然不同。

到七月為止，記得鳥羽可能是因為腰圍太粗難以保持平衡，總是左右晃動身體跑步。那種不穩定如今卻已消失了，變成只把能量向前方傳送的有效跑法。這是減去多餘的脂肪後才能辦到的。

鳥羽本來立志成為白車隊員，卻因聽力受損好像已自動放棄。不過，看他現在這樣跑步，應該沒有放棄警察之路。

由良把剪刀與垃圾袋放在潮濕的地面。開始做雙膝屈伸運動。警備實施課，向來總是以跑操場五圈揭開序幕。

「你在幹什麼？」

「啊？」

「你的工作要到這邊做。」

風間在大雨中繼續向前走。

「你好像瘦了很多？今天剩了多少？」

最近他的午餐一直只吃掉一半。此事似乎也已傳入風間的耳中。

「……剩到很想討回一半的餐券費。」

「為什麼？你的感冒應該已經好了吧？」

「是。我想身體應該沒問題。但就是食欲不振。」

「聽起來很矛盾。若是正常人，身體好的話自然也會有胃口。」

「沒有胃口，是因為吃起來也不好吃。」

之前罹患重感冒，鼻塞的毛病拖了很久。後來，嗅覺出現毛病。感覺不到東西的氣味。結果，入口的食物也失去味道。他如此向風間說明。

「你馬上去醫院看鼻子。還要增加體重。這是命令。」

「是。」

「在我看來，身為警察的你有兩種魅力。駕駛技術與良好體格。基於這兩點我很看好你。遺憾的是在駕駛方面上次你已失手留下污點。那麼，至少不能再失去另一種魅力。」

「……我知道了。」

「而你的缺點也有兩種。」

「請問是什麼和什麼？」

「一個不用我說你應該也知道。今天午餐時你身邊有誰在嗎？」

不合群。這點的確不用教官多說也知道。

「另一點嘛——」

他們正好經過升旗台前，走上操場西南角堆起的小型假山。從這裡面朝東方的話可以看見三線道的大馬路。

假山上零星種植了茶樹。風間走近其中一棵，指著樹枝。那根樹枝正好在他的視線高度。

一看到那根樹枝，由良忍不住倒退一步。大概是因為霎時起了雞皮疙瘩，臉頰的皮膚麻麻的。樹枝上，垂掛著漩渦狀的焦糖色球體。

紅斑。高燒。痛苦的記憶再次重現，由良自那個球體——黃蜂窩撇開眼。

「你的另一個缺點就是那個。你太害怕蜂類。」

「……教官，該不會，接下來要叫我弄這個？」

「沒錯。我要叫你驅除它。」

「請等一下。」他再退一步，放下安全帽的防護面罩。「我曾被螫過一次。萬一，再來一次的話……」

「也許會因過敏的過度反應而死。」

他隔著防護面罩，直視若無其事說出這種話的風間。

也許是因為這場大雨。在蜂窩周圍飛來飛去的黃蜂不多。但並非完全沒有。光是這樣看去便已看到三隻。

「你放心。機動隊的裝備怎麼可能敵不過區區幾隻小昆蟲。」

「請等一下。為什麼要叫我做這種事？這樣會有生命危險耶。」

「你這話問得真奇怪。你是警察吧？」

「是的。」

「那麼維護眾人安全不就是你的職責嗎？如果放著這蜂窩不管，會危及某人的性命喔。」

他無話可說，火辣刺痛的喉頭硬生生嚥下唾液。

「我要訂正。由良，你的魅力總共有三點。」

「還有一點是什麼？」

「你傷害過人。」

「……對不起。教官您在說什麼，我不太懂。」

話語整體的意義不明。但是「人」是指誰，非常清楚。

他垂下眼，凝視風間的腳邊。石膏上，淺淺覆上一層被大雨濺起的泥沙。

「有過傷人經驗的人，更能夠保護人。事情就是這樣的。——聽著，千萬不要去捅蜂窩。只要稍微搖晃蜂窩，蜂群就會一下子統統飛出來。」

「我知……」

由於一隻蜂驟然接近，他說到一半就嘶聲啞然。

「蜂類來襲時，最安全的，就是站在原地不動。不要舞動手腳抵抗。那樣反而會煽動蜂類的鬥爭心。」

那個他早就知道了。從小就已聽過幾百遍同樣的說法。

「逃走時千萬不可呈Z字型逃跑。要直線奔跑。蜂類會眼尖地發現左右搖晃的動作。卻對前後擺動很遲鈍。」

這點他從不知道。

「請問我可以脫下安全帽嗎？」

「為什麼？」

「我特地剃到露出頭皮，可是戴著帽子就無用武之地了。」

現在戴的機動隊安全帽，是近似黑色的深藍色。

「你放心。黃蜂不會去找你。」

風間從制服口袋取出一個黑色圓筒形罐子。好像是某種噴霧器。風間彎下上半身，把噴霧罐的噴射口，對準茶樹的根部。

他的手指朝按鍵一按，罐子便冒出白色泡沫。

「因為他們會圍著這個泡沫。」

正如風間所言，三隻黃蜂果然都飛到茶樹的根部來了。

那是什麼泡沫？風間拿的黑罐子上，寫著疑似商品名稱的文字。看了那個還是不知道是什麼泡沫。但是，從罐子整體的時髦設計，大致猜得出來。

「把你的手心伸出來。」

就在他乖乖伸出戴著手套的左手時，風間在他的手心也擠了一點泡沫。

他湊近鼻子試聞。果然，泡沫散發的氣味很熟悉。

「你現在還懷疑把黃蜂放進車內的是安岡嗎？」

「……不。已經不了。」

根本沒有故意把黃蜂放進車內的嫌犯。有的，只是在毫不知情下把黃蜂引進車內的嫌犯。

5

他將右手從側腦緩緩撫過頭頂。

手指之間夾住頭髮，試著判斷長度。還不到一公分。根據經驗立刻就知道。這個觸感就連九公釐，好像都還差了〇．五公釐。

如果是八．五公釐的話，今天是二十六日，所以自八月三日算起，等於在二十三天之中長長了八公釐。

問題是，自己的「指尺」還是一樣精確嗎？

頭髮生長的速度，據說是一天〇．三五公釐。如果把八除以那個數值……

由良以皮鞋尖在操場的沙子上寫出數字。腦袋空轉，一再重新計算，是因為馬上要輪到出場，太緊張了。

得知八除以〇．三五的答案約為二十三後，他定定凝視自己的手指。如果繼續保持這種注意髮量的習慣，以後說不定會變成比劣質直尺更正確的測定器。

即便這麼想，他還是連一個苦笑都笑不出來。

深深吐出一口氣的同時，他從指間抬頭。瞥向操場中央放置的桌子。

桌上有一個小箱子。裡面有五張折疊起來的題目。

放眼環視桌子周圍，沙上，以石灰畫出代表馬路與斑馬線的白線。練習用的警車，與某次路檢實習用的皇冠，已停在那裡。預選，就是由神林駕駛皇冠，再讓學生來取締他，以這種方式進行。

自己抽到的題目，有點刁鑽。

「下雨天，在交通流量大的道路（限速為時速五十公里），有輛車以七十公里的速度行駛，以追尾式雷達確認該車超速後，令其停靠路肩。在這種狀態下，不用雷達的記錄，只靠口頭進行取締。」

文字下方，印上了假想狀況圖。這個題目，在自己抽到打開後，也已分發給其他學生。

輪到自己後，由良握著練習用警車的方向盤。跟在神林駕駛的皇冠後面，打亮警示燈後走出車外。

他輕敲皇冠的車窗。神林朝車窗自動升降的按鈕伸手。

「我為何要求您停車，您知道嗎？」

「不知道。」

在降下的車窗那頭，神林看似不服氣噘起嘴唇的演技，相當出色。

「因為您剛才的車速很快。」

「怎麼可能？我的駕照可是金卡喲。從來沒有違規過。」

「以前或許如此。但是現在，您的確違規了。」

「既然你這麼堅持，那就拿出證據來呀。」

——那麼請看車速記錄表。

這時候若能這麼講該有多輕鬆……。

通常，違規者都會情緒激動。要安撫那樣的對象，與其拿出物證給對方看，言語上的勸說想必更有效。在第一線工作，口才的好壞會影響很大。考題規定了禁止依賴測速雷達的結果，就某種角度而言，堪稱非常合理。

「與其出示證據，不如讓我問幾個問題可以嗎？」

「什麼問題？」

「關於您駕駛時的狀況。速度過快時，往往難以掌握周遭的情形。如果您能明確回答出來，我就二話不說立刻離開。」

「拜託你長話短說好嗎。這種天氣……」

從皇冠的車窗伸出頭的神林，把臉對著晴朗的夏空，閉起一隻眼。大概是在表演雨滴落進眼中吧。果然是相當出色的演技派。

「如果不趕緊回家把晾曬的衣服收回來，那可就麻煩了。」

「我知道。——停車前，緊跟在您的後方，有一輛白色廂型車，請問當時車上坐的是兩個人還是三個人？」

「我記得是三個人。」

「那您記得在您前面的車嗎？」

「是一輛很大的進口車。應該是悍馬（HUMMER）吧？」

「前面有大車，會覺得很難開嗎？」

「的確有這種感覺。」

「原來如此。那我告訴您一個好消息吧。下雨天，像那種底盤離地面有段高度的車子在前面時，透過車身底下，有時可以看到再前面一輛車的煞車燈反射在路面上。只要注意那個，就可以更安全地駕駛。您不妨試試看。」

「……我會記住。」

「好的，耽誤您的時間了。失陪。」

他敬禮退後一步，神林再次搖起皇冠的車窗。就在車窗即將緊閉前，由良抽出警棍，插進玻璃與車門框的縫隙之間。

神林愕然瞪眼，上半身往副駕駛座那邊向後仰。

「失禮了。」

他用空著的那隻手搭著制服帽的帽簷。

「我好像弄錯了一件事。之前行駛在您後方的廂型車顏色，不是白色，而是藍色的。」

6

或許是因為體重尚未恢復，只不過將五、六個空罐扔進垃圾袋，已感到疲憊。

校內美化運動這個名目聽起來很好聽，但說穿了就是撿垃圾。兩名學生一組，負責事先分派到的區域。寫有各人姓名的二十公升塑膠袋，在兩人都裝滿之前，不准回宿舍。

由良朝假山走去。

自己已經滿身大汗，但是茶樹下，安岡卻一臉悠哉地坐著。

「不過話說回來，由良巡查，那是什麼時候消失的？」

「你在說什麼？」

「本來在這裡的圓球。」安岡的視線射向茶樹的樹枝。「是誰摘除了嗎？」

「好像是。」

由良輕輕揮手，驅趕飛過眼前的昆蟲。

或許是因為黃蜂沒了，現在這個地方，改而出現幾隻小蜜蜂。

「之前就是因為有那個，誰也不敢靠近這個場所。枉費這裡的視野這麼好。」

安岡朝東邊望去。由良沒有把臉轉向那邊。但是不看也知道。三線道的交叉路口，今天想必也在塞車。連續一星期到這裡報到後，已經可以憑著噪音的音量大小判斷車流擁擠的程度了。

「從這裡看過去，車子的實際動向看得特別清楚。用來練習取締交通正是最好的地點。」

安岡的話，令他想起五天前他以一人組代表的身分參加預選的情形。雖然沒爭取到教場代表，但得到第二名的成績已經很滿足了。

「違反車速時，駕駛的視野會受到極端限制。因此——」

突然間，安岡轉換語氣開始發話。好像是在模仿神林。

「取締時，確認駕駛對周遭狀況有幾分掌握很重要。這點往往意外地容易被忽略，但由良巡查卻一絲不苟地做到了。」

安岡說的，是預選時，神林做的講評。看樣子，安岡好像一字一句全都記下來了。

「還有，藉由出人意表的問話方式，將駕駛在心理上逼至絕境的巧妙設計也值得高度肯定。順便還秀了一招雨天駕駛時的訣竅，也相當出色——」

戴著粗棉手套的手倏然朝安岡伸去，想叫他閉嘴。安岡像小孩一樣仰身逃走，跑到假山頂上後，朝他轉身。

「雖然汽車廢氣有點討厭，不過你倒是找到一個好地方，由良巡查。」

「……你這話是什麼意思？」

「你就別裝傻了。這一星期以來，你天天都來這裡吧？」

怎麼會被發現？

「因為每天從那邊，」安岡指向校舍那頭，然後指尖一點一點向下移動，直到自己的腳下，「一直延續到這裡。那是我曾見過的腳印。——還有一點。每天都有奇怪的痕跡。」

安岡蹲下，把掉在旁邊的寶特瓶蓋扁平的那面，扭轉著用力往地上按壓。

「正好就像這樣。」安岡把瓶蓋從地面拿起，用手指著壓出來的圓洞。「這是什麼痕跡？也許是踩高蹺。再不然就是拐杖。」

「你果然很適合當刑警。」

風間對他一對一進行取締交通的指導，但自己真的是有那種價值的警察嗎……。

安岡把寶特瓶的瓶蓋扔過來。他接住，放進手上的垃圾袋。

「沒有垃圾了嗎？」

二十公升容量的袋子，距離裝滿還差得很遠。

「有啊，那邊多得是。」

安岡轉頭對著的前方，是水泥磚砌的門柱。成對的兩根門柱，貼滿了名片大小的貼紙。走近一看，所有的貼紙上都印刷著半裸美女。是制服酒店和摸摸茶的宣傳廣告。總計大概有五十張吧。

管轄這個地區的K警署，最近雷厲風行地大舉取締色情行業。結果，好像逮捕了超過十人。這些貼紙，或許就是業者對此做出的小小報復。

安岡拿指甲去摳其中一張貼紙。但是，他立刻縮手，用嘴含著指尖。好像是勉強想摳下來結果弄痛了指尖。

「交給我。」

由良把手伸進運動服口袋。取出黑色噴霧罐後，按下按鈕，把白色泡沫噴在貼紙上。

「那是什麼？」

「你看著就是了。」

蜜蜂聚集到貼紙上後，由良把罐中泡沫在手心擠出一點，抹在已長到五厘左右的頭髮上。

「是整髮劑嗎？」

「對。這個味道你沒印象嗎？」說著，他朝安岡低下頭。

「……該不會，是神林教官用的那個？」

「沒錯。嫌犯就是這個泡沫。香水與整髮劑的氣味，是蜂類最喜歡的。」

「那，你會對之前懷疑我的事負起責任吧？」

「所以說，就是這些制服酒店與摸摸茶。我不是講過交給我嗎？我會一個人負責解決，你站在旁邊看著就行了。」

話才說完，由良已開始用指尖撕下貼紙。

整髮劑含有界面活性劑，所以也有助於剝離黏著物。教他這個的也是風間。

把撕下來揉成一團的貼紙放入寫有「安岡」名字的袋子，裝滿到袋口時，那些蜜蜂已經不知飛去何處了。

第六話　背水

1

穿上出動服的長褲，把手放在腰上的二孔腰帶。每次外側都是留三孔。但是今天他決定留兩孔。

「怎麼了？」

背後傳來聲音，都築耀太轉身。眼前出現的，是日下部那淺黑又瘦長、令人聯想到牛蒡的臉孔。

「是吃到不乾淨的東西嗎？你的臉色不太好喔。」

「沒什麼。」

有點輕微的作嘔，或許是因為嘴上硬是裝作無事吧。今早起床就覺得肚子脹脹的，隨著時間過去，越來越強烈。也有輕微的胸悶。

在別人看得見的地方他自以為一直保持撲克臉，但就連觀察力不算敏銳的日下部都這樣發現了，可見身體的不適已不知不覺中在表情的邊緣露出端倪。
「請假吧。最好不要逞強。」
「少管我。」
第二堂是警備實施訓練。授課內容特別嚴酷，所以現在不想浪費精力。
背對日下部，在出動服外套上護具，拿起保護上半身的大件防護背心。背上的「POLICE」這行白字看起來莫名暗淡。
緊緊綁好短靴的鞋帶，朝時鐘瞥去。距離集合時間只剩七分鐘。他有點焦急，正想從櫃子取出圍巾，頓時停下手。
找不到。
他把頭伸進櫃子裡，翻開放在上層架子的T恤。但是，那裡也沒有圍巾。他挪開毛巾，連鞋袋裡都看了一下，還是找不到用來覆蓋領口的白布。
「找東西嗎？」日下部再次朝他發話，一邊訝異地挑起一邊眉毛。「是什麼東西找不到？圍巾嗎？」
「對。」
霎時之間，口中似乎聞到鐵鏽味。接下來的警備實施訓練課的教官，是從學校隔壁的機動隊派來的。是常見的那種資深魔鬼士官長。只要出席時少了一樣裝備，八成就會有鐵拳制裁等著。
「我幫你找。」
日下部不等他同意就一起開始搜尋。準備好的學生已陸續走出更衣室。

距離集合時間還剩五分鐘，更衣室內的其他學生都走光後，額頭的髮線開始發熱。從今天起已進入九月，沒有空調的男子更衣室，淤積著濕度極高的溫熱空氣。

剩下時間不到四分鐘了，但日下部還在。

「找不到……。怎麼辦？要等著挨揍嗎？一拳都還沒挨過的，只剩下你了吧？趁這機會，不如在畢業前體驗一下。」

拿手電筒朝地板與櫃子之間的縫隙照了一下，但那裡也沒有。

「不，不能就這麼輕易放棄。警察最重要的就是毅力。——喂，你看這是什麼？」

抬頭一看，眼前垂下一塊白布。日下部手上拿的，正是他在找的圍巾。

在哪裡找到的？他以眼神問道。

「櫃子上面。八成是有人發現它掉在地上，嫌麻煩，就順手放到那上頭了。」

他朝圍巾伸手。卻無法完全拉到自己手裡。因為日下部拽著另一頭不肯放。

「你很感激我吧？」

說著，日下部的唇角微微扭曲。

「很感激。」

「那麼，」日下部從自己的櫃子取出對折的紙張，「可以在這裡寫上你的名字嗎？」

日下部把那張對折的紙打開，讓他看見上方寫的標題。那裡寫著「畢業文集編纂委員申請表」。

「當上什麼幹部的話，考核成績會加分。距離總代表寶座又能更近一步。況且這個工作很輕鬆。比誰都能先看到文章，挺不錯的福利吧？」

都築從正面直視對方後，日下部悄悄轉開視線，輕輕乾咳一聲。

「你的成績名列前茅。畢業考應該已游刃有餘了吧？我可是有點危險，已經被逼到懸崖邊緣了。這時如果不能確保念書時間，真的會很危險。」

通常如果無人擔任委員就得由級長擔任——日下部迅速如此說明後，

「所以，請你幫我這個忙。」

拿紙的手比出合掌膜拜的動作，朝他擠眼。

都築默默點頭，前拳擊手的手指終於放開圍巾。

「放心。工作很簡單。首先，是保管之前繳交的稿件。然後，催促尚未繳交的人快點寫。就這樣而已。字數是四百字稿紙三張以上。如果字數不夠，踹對方屁股也得逼他補上。」

「什麼時候要收齊？」

「截稿日是九月十日。十一日中午，印刷廠會來拿稿子，所以一定要嚴守時間。」

淺黑色的臉上，露出發亮的大牙，日下部就這樣走出更衣室。

尾隨那個背影來到走廊上，映入眼簾的是公布欄上的紙張。

「靠你維繫的生命之輪　行動捐血車來訪。請協助我們！」

把布告欄當成自家地盤支配的日本紅十字會製作的海報，如此大聲主張。下方添加了職員手寫的一行字：「九月十日　下午四點起　於校舍前廣場實施」。

髮線感到的熾熱，不知幾時被汗水取代。都築一邊拿圍巾當手帕用，一邊趕在前往操場前，急急衝進廁所。

2

白底紅十字標誌的車輛，已來到校舍前。那巨大的車身旁，學生排成凌亂的隊伍，等著輪到自己。

車輛外設置的報名台上，堆滿成箱的原子筆。好像是捐完血從車子出來時，可以領到的紀念品。

「本月欠缺O型」。

車身上掛的橫條布幕，在微風中搖曳。一旁的報名台，O型的都築填寫問卷，先量血壓。分別是六十、一百一十。

進入車內，瀰漫的甲酚消毒水的氣味令他差點嗆到。不，更強烈的是汽車排放的廢氣。或許是為了讓機器運轉，只好一直發動引擎沒有熄火。

內部有四張活動式簡易床。車輛前方兩張，後方兩張，以背對背的方式放在一起。兩名護理師在其間的狹小走道縮起身子走來走去。

「不好意思，我馬上就準備，請在那裡放輕鬆休息一下。」

在前方的床鋪一坐下，一名護理師就這麼對他喊道。看來自己好像得等上一會了。似乎是人手不足來不及做捐血準備。

他在指定的床鋪躺下。隔壁是宮坂。他把活動式床鋪調成四十五度，正在定定注視流過管中的自己的血液。

「你知道嗎？都築。這些血，只能保存三週。一旦過期，好像會抽出部分成分，剩下的就會被當成廢棄品扔掉。」

「能保存三週已經算是很好了。」

都築把手伸進褲子口袋。從那裡取出的，是折得小小的紙張。四百字稿紙五張。他朝宮坂扔去。接著把自己的自動鉛筆與橡皮擦也同樣交給他。

「你的時間，只剩今天一天了，宮坂。」

宮坂完全坐起上半身，朝他俯視。「你在說什麼？」

「你還沒交吧？」

「……你說文集要刊登的稿子嗎？不是這個禮拜之內交稿就行了？」

「你還沒睡醒嗎？到今天截止。你現在就寫。」

「在這裡寫？」

「不然你還要去哪兒寫？」

「你是特地跟著我來的？不惜跟到這種地方？」

「答對了。如果打擾到你那我道歉。所以你快寫吧。」

真是的，敗給你了……。宮坂一邊發牢騷，一邊再次躺到床上，光用右手靈巧地把稿紙在肚子上攤開，開始動筆。同時，

「警察職員的懲戒處分有哪些種類？」

背後的床鋪那邊，傳來這麼一句話。是同期入學的荒川教場兩名學生，帶著參考書上車在講話。

「免職、停職、減薪、記警告。」

「那，下一題。不依公務員法而是根據內規做的懲戒處分有哪些？」

「口頭警告、本部長告誡、嚴重告誡、所屬長官告誡。」

「巡邏時要收集的情報，請答出六項。」

「一，防犯上需注意的人物。二，有犯罪發生之虞的場所。三，有犯罪者徘徊之虞的場所。四，防止災害、意外事故時的必要事項。」

「還有兩項呢？」

那個聲音，是對著這邊發出的。

「剛才的問題，就請在那裡豎著耳朵聽的風間教場的都築巡查來解答吧。」

「五，作為犯罪搜查線索的事項。六，可供其他警察活動參考的事項。」

本來打算漠視，但他還是特地扭頭回答了。腦袋似乎還沒從考試模式切換回來。

不過他們可真勤勉。畢業考昨天都已經考完了。不過每週的小考會一直持續到畢業前夕。大概是為了應付那個吧。他知道背後那兩人都在競爭畢業生總代表的寶座。

以總代表的身分上台致答辭。那對警校學生而言是最大的榮譽。畢業典禮當天早上，把致辭用紙拿去指導教官那裡，請他在上面寫一句簡短的贈言，據說是這個學校的慣例。第九十八期短期課程兩個班級共六十七名學生中，這個榮譽不知將花落誰家。

自己呢？有那個可能性嗎？

關於畢業考，他應該可以輕鬆通過所有的科目。寫完考卷已有充分的把握。但是光靠紙上測驗，與其他優秀學生之間的差距並不大。

問題是畢業典禮眼看著就要到了。說到今後會舉行的大型活動，頂多只有手槍檢定與路檢盤查競賽這兩項。槍檢通過上級，而且在路檢賽拿冠軍——如果能取得那樣的成績，或許勉強有希望吧。

不知幾時，宮坂已寫到第三張稿紙了。看他運筆如飛毫無滯礙，可見要寫的內容早已在腦中成形。

都築歪過身子，故意毫不客氣地探頭窺視。

路檢挑戰記　宮坂定

實務修習時，曾在街頭實際做過臨檢盤問。當時的感想如下。

對警察而言，路上攔檢堪稱最重要的工作。接受攔檢的人固然緊張，執行攔檢的人也會有相當大的壓力。「不好意思，可以請教您的姓名、住址、工作地點以及現在要去的目的地嗎？」試想，如果被人這樣連氣都來不及喘地不停質問，你會作何反應？而且，這樣的質問是來自制服上有警徽的人物。一般人大概會完全傻眼，一時之間說不出話吧。更重要的是，肯定會對警察留下壞印象：「為什麼要用那種懷疑的眼神看我？」這點，是我在街頭做攔檢後最強烈的感想。

根據學長所教，似乎有技巧可以抹除這種壞印象。換言之，只要用「這一帶發生了案件，所以正在請教大家」當作開場白就行了。但是，即便沒有實質影響，謊言畢竟是謊言。罪惡感作祟之下，實在難以流暢說出口，枉費人家特地傳授的技巧，結果我還是無法善加利用。

因此，起初我頗為困惑，但多做幾次後，終於行有餘力可以去學習各種事物。

記得是在對某位男性進行攔檢時。對方起初很抗拒，但在我的鍥而不捨下，我發現他不是排斥攔檢本身，而是在意被路人看見。一旦從馬路移至旁邊別人看不見的地點，在那裡重新發問後，這次他就很配合地回答我的問題了。

站在對方的立場設想執行攔檢，讓我得到學長的誇獎。說是初立大功或許太誇張。但是，這次經驗，對我個人而言的確是一個勳章。

「你確定嗎？」

從旁一問，宮坂抬起頭。「我怎麼了？」

「被學長誇獎的這段。不是你捏造的吧？」

和每天提交的日記一樣，這篇文章也絕對不容許故意造假。在這裡，創作是一種犯罪行為。一旦被發現會立刻遭到退學。「培養正確的文書製作能力」——本校的設置綱要在「教養的基本方針」有明文規定，所以這項規定據說被非常嚴格地執行。

「你不相信嗎？」

「我沒這麼說。」

「算了，怎樣都無所謂。就算有錯，被開除的也不是你而是我。你就放心吧。」

的確，這麼多的內容宮坂只花了十分鐘左右便流暢地寫出來，可見草稿八成早就在腦中了。那麼應該不會有問題。

宮坂露出從容不迫的笑意，把稿子與自動鉛筆還給他。但是橡皮擦卻塞進自己身上的襯衫胸前口袋。

「那個也還給我。那是我的私人物品。」

「這個就讓我偷一下吧。」

「這是哪門子遊戲？」

「你覺得我的行動可疑嗎？」

與其稱之為可疑，說他很煩人可能更正確，但都築還是姑且點頭。

「那麼，你現在就試試看對我做路上攔檢。」

「……你說真的？」

「試試看嘛。做個路檢，搜查一下我的口袋。如果辦得到，我就把橡皮擦還給你。」

宮坂奸笑，或許是打算給他時間考慮，刻意將視線移開，把臉對著管中流動的自己的血液。

這是搞什麼……。

結果，都築以舌尖輕輕舔唇，直視著正好剛把臉轉回來的宮坂，開口說：

「不好意思。可以耽誤您一點時——」

「不行。」宮坂打斷他的話，同時誇張地露出目瞪口呆的表情朝他搖頭。「你那種問話方式，在現場根本不管用。」

都築清楚感到自己的臉孔僵硬。「為什麼？」

「就跟你說不要向他人尋求答案。用你的腦袋好好思考。」宮坂瞥向護理師。「對不起，請問還要多久？」

「大概兩三分鐘吧。」

「聽到沒有？」宮坂的眼睛，這次轉向減壓式抽血裝置。「好了，你最好趕快重來。時間已經所剩無幾囉。」

到底是哪裡不對？他不懂……。

試著換個問法吧？省略開場白，劈頭就直搗核心。

「怎麼了？快點呀。」

捕捉到與宮坂視線相對的時機，他試著直截了當說：「可以讓我看看你的皮包嗎？」

宮坂的口中發出類似嘆氣的聲音。「到此為止。這次又不及格。」

「到底是為什麼？」

「我不是叫你要自己想嗎？如果連那個都不懂，絕對沒希望在路檢競賽拿冠軍喔。」

都築強烈感到，不只是臉孔，連身體都開始僵硬了。

「你想拿冠軍吧？——或者單刀直入，說是總代表的寶座或許更正確。不過很遺憾。會當上總代表的是我。」

「你可真有自信。」

「我這是言出必行。既然說出口就只能去做到。就那個意味而言，或許也堪稱是背水一戰吧。總而言之，就是要把自己逼到極限。」

宮坂好像已捐完血了。體格特別壯碩的護理師走過來，從他的手上拔出抽血針。

「好，辛苦了。下車後，要立刻喝點飲料補充水分喔。」

「麻煩您了。」

對護理師敬禮後，宮坂說：

「別誤會。我可不是在欺負你。正好相反。我是希望你也能奮發圖強。否則沒有對手，較量起來就太無趣了。」

他輕輕揮手，匆匆走下捐血車。

剛才的護理師，左右搖晃著宛如吊鐘的身體，走向駕駛座去了。到底要等多久？至今還是沒有要在自己手上扎針的跡象。

驀然間，他感到視野一隅似乎有什麼在動。定睛一看，宮坂之前躺的床旁，不知幾時站了另一個人影。

是風間。

白髮的指導教官，就像那是自家的貴妃椅似地，以悠哉的動作在床上躺倒，用有一搭沒一搭的口吻說：

「我最怕打針了。」

好像是在對自己發話，但都築不知該如何回答。他只好先把頭稍微往風間那邊歪，至少先擺出「我在聽」的姿勢。

「不過當著大家的面，又不能不配合。所以我先領了這個。」

風間舉起手裡的東西給他看。好像是當作紀念品贈送的原子筆。

這位教官似乎也要擺出背水一戰的陣勢。之前他與宮坂對話時教官應該不可能站在哪裡偷聽，所以大概純屬巧合吧。

「這好像是加壓式的。」

風間把原子筆舉到空中打量，一邊朝他伸出手。如果有不要的紙給我一張。骨節粗大的指尖如此要求。可能是想試試原子筆好不好寫。

幸好他多帶了幾張稿紙，於是遞了一張過去。

風間把腰稍微往下移，擺出趴臥的姿勢，將原子筆向上，在稿紙唰唰唰地寫字。好像是漢詩。

彷彿一陣清風吹過——風間的筆跡令人很想這麼形容，他寫的文字是：

「吾能弭謗矣」。

是這麼讀的。不，不是讀，應該說是看。「弭」是他從未見過的漢字。腦內無法轉換成語音。至於「矣」，記得是表示斷定的助詞，按照音讀的話是「一」，但通常應該是不發音。他記得高中課堂上是這麼教的。

或許是察覺他的視線，風間又補充說：「這是我很喜歡的一句話。」

「寫的是什麼意思？」

「你想知道？」

「對。」

「那麼，」風間把紙推過來，「你自己去查。——對了，我聽日下部說了。都築，聽說你願意擔任畢業文集的編纂委員。」

是被那傢伙陷害的。日下部事先把我的圍巾藏起來。然後，裝作是他找到的，讓我欠他一個人情，再把工作推給我——他真的很想這麼解釋，但最後還是作罷。因為他覺得縱使真的這麼說了，風間恐怕連眉毛都不會動一下。

那位護理師拿著驅血帶與紗布之類的東西回來了。看來終於有時間理會他了。

3

或許是日落之後氣溫驟降。下午抽過血的左臂有點痛。

練習派出所的櫃子裡除了實務指南，還放了漢和辭典。格外厚重的辭典，因為本身的重量已經有點變形。他抽出來翻頁，決定查出「弭」的讀法。

本來打算從部首找到那個字，但在那之前，偶然看到「吾能弭謗矣」這句漢詩。好像是周朝的皇帝吟詠的。底下，有文意說明：

「吾能弭平謗言——我能夠防止國民的非難。」

理解「弭」的意思是「停止」、「阻止」後，他把字典放回去，在椅子坐下。

他試著在手邊的紙上，寫出剛才看到的字。但是，突發的靈感令他把「謗」字換成別的字。

「吾能弭罪矣」。

我能夠防止犯罪——對於志願是防犯的警察而言應是理想的格言吧。

想完不禁苦笑。這半年來，不知已考了多少次漢字聽寫，只要看到不會寫的漢字，已經養成反射性自己寫寫看的習慣了，可見次數絕對不少。

目光移向桌上那疊稿紙。

文集的稿子，大致已全部收齊。尚未繳交的只有一人——自己。

他隨手翻閱，目光所及之處跳著瀏覽。

現在才能告白的事　楠本忍

實務修習時，第一次來到縣都N市的街頭。快結束時，負責指導的學長，把我一個人留在陌生的地方就走了。學長叫我「一個人走回K警署試試」。而且還限制我「必須在二十分鐘之內抵達」。

如果有智慧型手機，查閱地圖即可立刻抵達，偏偏被禁止攜帶手機。就算想看市內的指引圖，也不知哪裡才有。眼看時間快到了，焦急的我，只好隱藏身分（幸好，當時我穿著便服）衝進附近的派出所，向在那裡執勤的前輩問路。

返校後，我去了福利大樓的理髮店——為了把頭髮剪成前所未有的短髮。我想藉此督促自己反省。

回到宿舍後，我在桌上攤開N市的地圖。那天，我看著地圖直到晚上。我的地圖之所以一翻開就夾了好幾根短髮，正是這個緣故。只要把這個不合適的髮型烙印眼中，或許便可稍微防止自己在現場鬆懈。

看完時，肚臍一帶忽然劇痛。他踹開椅子，衝向後方準備室附設的廁所。

在馬桶上屈身待了近十分鐘後才回到事務室，仍不見風間的人影。

無奈之下，只好再次翻開稿子。

姿紋　鳥羽暢照

入學時，我的體重超過八十公斤。其實體脂肪也超過百分之三十。但是即將畢業的現在，數字已分別降至七十二公斤，百分之二十二。

相反的，同期的某位巡查，入學時，體重五十六公斤，體脂肪率百分之十，屬於豆芽菜體型，但是現在變成體重六十八公斤，體脂百分之十九，已經鍛鍊得勉強算是壯漢了。

在這所警察學校，隨著即將畢業，大家的體型逐漸變得一模一樣。這是個有趣的發現。寫到這裡不免想起，上犯罪搜查課時，學到人類除了指紋還有「姿紋」。意思是說，人類的體型，在鎖定犯人時也可以成為有用的線索。不過很遺憾，這種偵查手法，在這所學校或許行不通。

今後，必須注意不讓辛苦得來的體脂肪數值超過百分之二十二。「到了第一線，生活會變得很不規律。本來好不容易結實起來的身體立刻會變回原樣，所以一定要小心。」至少學長傳授的這點，我打算牢牢銘記在心。

——話說，現在，我能寫這些，是因為有東西一直在背後支持我。

那是什麼呢？是我自願寫下的一份「退學申請」。

其實，六月時我經歷了一件事，令我差點想放棄這條路。就是在當時寫的。

但是，到了真要交出退學申請時，我心想：等一下！

經常聽說這種事，某人想自殺，弄到毒藥時，會想：「只要有這個隨時都可以死，所以不如再活幾天吧。」最後反而擺脫了自殺的念頭。

我也一樣，因為想著「隨時都可以退學」，於是暫時沒交出退學申請，反而一直貼身帶著。這樣帶著退學申請上課之後才發現，豁出去的力量居然這麼大，過去侵蝕頭腦的執著消失了，對於每一樣學習都開始感到有趣。即便再困難也能夠認真去參與。

如今終於到了即將畢業的日子，但我還不能掉以輕心，我打算把退學申請繼續藏在襪子裡直到最後的最後。

現在回到姿紋的話題吧。姿紋與指紋，有一個決定性的差異。那就是手指一直不變，人的姿容卻不固定。

人是會變的。

寫下這句後，我決定就此擱筆。

從文集抬起頭，他搓揉脖頸。肩膀格外僵硬。好像貼了暖暖包似地發熱。

他朝領帶伸手。有點喘不過氣。順便把皮帶也鬆開。垂掛的警棍感覺比以往沉重是自己的錯覺嗎？

帶著裝備在練習派出所等候。在我抵達之前先看畢業文集——明明是晚餐時間，為何唯有自己被風間如此命令……。

他摸不著頭緒，再次翻閱那疊稿紙。

第七年的雪恥　由良求久

既是學生亦是社會人，以這不可思議的身分度過的半年，終於即將結束。實在太眼花撩亂了。或許是因為置身在呼嘯的時間狂風中，明明每一樁記憶應該都很鮮明，卻無法清晰想起。真是不可思議。

但是唯有一件事例外。一閉上眼，彷彿已烙印在眼底，馬上便可想起一個字。那是「跑」這個字。

跑步之後還是跑步。這半年來，好像天天都在不停地將左右兩腳交互往前伸。入學期間，不知究竟跑了多少公里？

我熱愛汽車，入學前，即便是去走路只需一分鐘的超商，我也會握著愛車的方向盤。但是這半年來，我開始覺得，與引擎無關的移動也不壞。

其實我偷偷記下了每天的跑步紀錄。自四月一日入學起，直到寫這篇文章的今天（九月八日）為止的一百六十一天內，跑的距離，累計為一千二百四十三公里。一天平均七．七公里。

……寫到這裡，我忽然想到一件事。日本列島本州的長度以直線距離算來是一千三百公里。離畢業典禮還有兩個多禮拜。如果繼續以一天七．七公里的速度跑下去，應該可以突破那個數字。

學生時代，為了紀念年滿二十歲，我曾計畫過一趟日本本州縱斷之旅，但是考量到荷包問題後，不得不作罷。沒想到七年後，夢想竟能以這種方式實現。如果能夠達成以前的目標，想必再無遺憾了。

他瞥向時鐘。已經等了二十分鐘。風間還沒來。

合起那疊稿子時，有點輕微的作嘔感。

他起身，本來壓著膝蓋內側的椅子，不及滑開便直接翻在地上。

他不管不顧地衝到門口，呼吸室外空氣。但作嘔感仍未消失。沒辦法，正準備再次跑廁所，但他判斷來不及，把頭伸到小廚房的水槽張開嘴。

某人的手就在這時放到他的肩上。

「你的肩膀好像很僵硬喔。」

風間的聲音，或許是因為在水槽的不鏽鋼發出回音，聽起來特別響亮。

「你是不是有什麼心事？如果心裡不安就會肩膀僵硬。因為腎上腺素與副腎上腺素會讓肌肉僵硬。」

他抬頭。想把放鬆的皮帶重新繫好。但那隻手被風間阻止。

「別逞強。如果不舒服就鬆開吧。」
他低頭把手離開皮帶。
「是幾時開始的？」
「什麼？」
「不用裝傻。你上廁所的次數好像太多了。身體是幾時開始出問題的？警備實施課時你也放鬆皮帶了。那是十天前。當時就不舒服了嗎？」
教官是在哪看到的？就算這麼問，鐵定也會被靜靜喝斥一聲「別轉移話題」吧。他只能老實承認。「從上個月底開始的。」
「你害怕嗎？」
不能對風間撒謊。即便如此，單就這個問題要簡單承認好像還是有點遲疑。回答「是」的聲音不免出現異樣的音調。
「放心，你的症狀一點也不稀奇。每一期必然會以一定的比例出現。快畢業時總會有學生身體不適。」
切實感到即將被分發到第一線的日子後，任誰多多少少都會因緊張影響身體。這個他知道。但他一直以為唯獨自己可以免疫。
「尤其是入學當初就很優秀的學生，更容易如此。」
換言之，越是那種學校生活一帆風順不曾把自己逼到絕境的學生，越會這樣——風間如此補充。

回到事務室後，風間指著椅子叫他坐下。

都築聽命行事，盯著桌上還攤著的那疊稿子。一邊拿手帕擦拭嘴巴。

風間在他對面的位子坐下，朝那疊稿子伸手。「你看過了嗎？」

「對，看了一些。」

風間也開始隨手翻閱稿子。

「有個方法，可以從這本文集辨別每個人的成長。」

「是什麼樣的方法？」

「只要看文章的結尾就行了。」

風間以大拇指的指腹一一翻開稿紙。不只是掀起。他明確找到每份稿子的最後一頁，迅速瀏覽。

「『很期待站上第一線』、『翹首期待畢業分發的日子』、『好想趕快在第一線做出成績』……以這種話做結尾的學生，可以視為緊張得渾身僵硬。缺乏自信表現出來的反而是意氣昂揚。相反的，真正成長的人，他們的文章只會淡淡寫出小故事就沒了。」

風間把稿子全部翻完了。

「宮坂、楠本、鳥羽、日下部、由良都是如此。想必，他們在這將近半年的期間，各自經歷了生死關頭或是某種挫折吧。」

的確，風間剛剛舉出的這五人，和以前比起來，無論是表情或氣質，好像都大不相同了。

「和他們相反的是你，都築。」

把那疊稿子放回桌上，風間的臉上浮現沉穩的笑容。

「從入學到今天，你有過被逼得胃都縮起來的經驗嗎？」

他搜尋記憶，但什麼都想不出來。

「你希望走防犯的路線吧？」

「是。」

風間看似滿意地點頭後，說：「死了這條心吧。」

都築想再次拿手帕拭唇，但他停下手。他一邊反芻剛剛聽到的話一邊抬起頭。

「什麼時候？明天還是後天？不然現在立刻也無所謂。」

「……該不會，您是在，叫我，退職，嗎？」

「如果你聽起來是這樣，至少表示你的耳朵是正常的。什麼時候提出申請比較好？」

都築發現自己渾身冒汗。之前就一直有的窒息感現在更增數倍。

「重點在膽量。」風間自椅子起身。「幹警察這一行不能沒膽量。沒有經歷過背水一戰的人不會有膽量，所以到了第一線也不中用。叫你離開是為你好。我是過來人，我很清楚這點。」

「如果我說不想走怎麼辦？」

「你想留下嗎？」

「……對。」

「那你就只能設法說服我了。在畢業之前。如果你做不到，畢業典禮當天一早，就來領退學申請表吧。」

4

離開練習派出所回到宿舍，皮帶上掛著警棍，而且皮帶也鬆垮垮掛在腰上，就這樣衣衫不整地坐在桌邊。

僵硬的肩膀，不知怎地還能感到風間那隻手的觸感。

攤開稿紙握住鉛筆之前，不得不茫然盯著空中將近一個小時。

不肖學長的一句建言　都築耀太

學校生活中，最痛苦的，就是有同期生離開。到目前為止已走了好幾個夥伴。

所以，我想對今後立志當警察的後進諸君說：「別傻了。」警察學校就是這麼嚴格的地方。如果只因為制服很帥，或是因為薪水不低，抱著這種半吊子的動機，千萬別來這裡。我敢斷言。那種程度的耐力連一週都撐不了。

但是，如果你寧可自己挺身而出也要維護社會安全，或者真心想幫助有困難的人，那就毫不猶豫地敲門吧。我等你。

在這裡我只能給你們一個具體的建議。要讓身體習慣空腹。警察學校的晚餐吃得早。是傍晚六點。所以到了睡前一定會餓。雖然可以事先買麵包之類的放著，但在教官大人與學長心情不好時會被禁止，所以最好有心理準備。

我想說的，頂多也只有這些了。

放下自動鉛筆，仰望天花板。

他對今後的預定計畫浮想聯翩。

明天九月十一日照常上課。後天預定要參加兩天一夜的畢業旅行。到此為止照正常運作就行了。目前的問題，是旅行回來的隔天——十四日的手槍檢定考。

該怎樣才能取得上級成績……。

他從椅子起身。把兩支原子筆用橡皮筋綁在一起，當成手槍擺好架式。

「手槍安全規則第一條。手持手槍時，轉輪式手槍要打開彈匣，自動式手槍要抽出彈匣拉開後膛鎖，確認有無子彈。」

他用原子筆手槍，把剛才說出的動作照做一遍。

「第二條，除了射擊時之外，轉輪式手槍不可扳動擊鐵，自動式手槍除了所屬長官特別指示，不得在藥室填裝子彈……」

5

口罩遮住嘴部。

戴上耳罩，稍微調整耳罩的位置。

握住射座上的點三八手槍時，手指有點抖。這種經驗，單就目前為止上過的課而言，從未發生過。

——裝彈後頓時變成雙倍重量。

這句話，不知是在哪兒見過的，印象很深刻。對了，是招募警察的廣告傳單上寫的。在標題是「給新人的話」這一頁，前輩警察官寫了這樣的文章。

那人沒說謊。這樣站在射座時，每次都會深有同感。

現在手上的史密斯威森點三八手槍，彈匣在空心狀態下應有五百公克。正好等於口袋型電腦的重量。只不過裝上五發子彈，電腦好像立刻變成兩三公斤的啞鈴，真是傷腦筋。

都築重新握好點三八的握把，眼睛瞄向教手槍射擊的教官荒川。「開始射擊」的手勢已比出。荒川的指尖朝向靶子。

張開雙腳，擺出右半身姿勢。左手的大拇指扳動擊鐵。

「三十秒射擊」，過去上課只有五次經驗，但每一次都取得好成績。

天花板活動式靶子在十五公尺外。瞄準腰的位置後，朝那裡伸出手臂。

正確地以六秒的間隔扣扳機，在三十秒內擊完五發。

荒川把小望遠鏡對準靶子，但肉眼其實也能看清楚。縱橫各七十五公分的槍靶。中央，密集自己射出的子彈。

他暫時取下耳罩。為了聽荒川的聲音。

「四十五分。成績很不錯。」

如果打中直徑八・五公分的黑點就是十分。大一圈的十四・三公分的黑點是九分。周圍的白色部分沒有彈孔，所以算來五發都打中九分的地方。

「那，接著是慢速射擊（精確射擊）。——都築，快速射擊好像是你的拿手本領……」荒川垂眼看手上的成績簿。「但是慢速射擊平均不到三十分。這種成績太丟人了吧。好好表現。」

「是。」

再次戴上耳罩，站穩架式。

扣扳機的手指用力。第一發。擊出前，槍與身體的重心失衡。不用看也知道打歪了。

他在口罩下嗆得咳嗽，一邊急忙為第二發做好心理準備。

不習慣的不只是槍的重量。硝煙的氣味也是，就算過再久還是受不了。為什麼會有人贊美這種有毒氣體，還瞇起眼說什麼「會聯想起煙火很懷念」？

等待的心情激昂，微微跺足，重新站穩。手上的槍，已不只是像啞鈴簡直重如槓鈴了。

他想開槍，但是，臨時發現手指無力。

差點忘了。要說咒語——。

「Tax！」

他出聲說。由於戴著耳罩，自己的聽覺不是透過耳膜而是透過耳小骨傳來。

Tax。Tax。Tax……。連說十次後扣扳機。

他花了三分鐘把剩下的子彈統統發射。

起初三發全是零分，或彈痕不明。但接下來的六發全都打中得分圈。

不肖學長的一句建言（接前文）

本來很想就此結束，可惜不行。這篇文章規定必須寫滿四百字稿紙三張以上。現在字數還差得遠。

所以，接下來，我要寫下小小的個人回憶。

首先是關於射擊檢定。

我們在課堂上學到的，是「如果射擊方法正確自然會打中」或者「只要集中精神，槍靶看起來會變成兩倍大」。但是，以我的情況看來很遺憾這顯然不準。也有人建議我「只要想像自己被擊中的情景就行了」，但這招也不管用。

我的訣竅只有一個。那個，說穿了就是錢——Money。子彈不是免費的。是稅金買來的。我不能浪費縣民的血汗稅金。抱持這樣的強烈念頭，就是我的祕訣。因為，我的父親是中小企業經營者，成天動不動就抱怨「稅金太高」。從小我就一再聽到他那樣發牢騷。

子彈是稅金。所以必須一發即中——這麼認清後，一邊念誦著意味稅金的tax這個字眼一邊扣扳機，不可思議的是，居然就能提高命中率。用英語的理由，是因為喃喃念著稅稅稅有點丟臉。但無論如何，我就是用這個訣竅，突破了自己定下的命中率百分之八十的鐵壁，在畢業前夕的手槍檢定，幸運取得上級成績。

好了，到此終於可以結束了，對了，順便也寫一下路檢競賽的結果吧。

6

風間從舞台的下手邊——觀眾席看去的左邊出現。

左手中指包著繃帶。撐著傘，是因為劇情設定這是個雨天。傘壓得很低，因此從這個位置看不見他那註冊商標的白髮。不過在舞台下擔任評審委員的成排教官，以及當觀眾的兩百名在校生，想必看得一清二楚。

風間朝舞台的中央邁步。格外顯眼的是他腳上運動鞋的雪白。

自己這廂也以同樣的速度自上手的側邊走道走出。緊張得幾乎可以透過喉嚨聽見心跳，幸好還不至於兩腿發軟走不動。

至少要是有搭檔就好了，他想。全國任何一所警察學校，路檢競賽好像都是兩人一組。唯獨這所學校，不知為何單獨路檢已成為創校以來的傳統。

走到舞台中央，他慎重迴避與對方的視線相接。微微舉手，開口時，已來到與風間相距兩公尺之處。

「不好意思。」

從胸前口袋取出警證高舉在風間的面前。動作不像是提示，倒像是猛然推出去。別激動——他不得不一邊合起證件一邊這麼告誡自己。

「恕我冒昧，能否請教貴姓？」

「風間。」

「是怎麼寫呢？」

「Wind的風，之間的間。」

「如果有名片能否讓我看一下？」

風間的手，從身上的夾克口袋取出當作小道具的名片。

「這張名片真的是您的嗎？」

湊近一看，「間」裡面的那個字不是「日」，而是「口」。這是個簡單的陷阱，如果比較緊張的人，恐怕對「風問」毫不感到異樣，就這樣從自己的意識中掠過了。

「對不起。」風間抓抓頭。「那是別人給的。拿錯了。我自己的，現在用完了。」

「那麼，有什麼可以證明身分的其他證件嗎？」

風間遞上駕照。當然這也不是真的而是演習用的小道具，不過這次好像沒有設陷阱。

「您好像受傷了，是怎麼回事？」

他指著對方手指包的繃帶。視線沒有跟過去。眼睛依舊盯著風間的臉。路檢時看著何處，對打分數的人來說也是一大重點。

「這你就別管了。」風間低頭。「不用你雞婆。」

「別這麼說，請告訴我。在我看來也有可能是刑案。您知道嗎？若是強暴案件，受害者面臨對方施暴時，往往會咬傷加害者的手指。」

「這是工作機械弄傷的。我在小工廠上班。」

風間身上穿的是灰色作業服。應該可以判定供述沒有矛盾，但這裡是必須再深入追究一下的部分。

「什麼樣的機械？」

「穿孔機。」

「用那個做什麼？」

「汽車零件。」

「什麼樣的零件？」

「交流發電機和分電盤。」

「穿孔機是哪家廠牌的哪種機型？」

「大泉精機的星形機型。」

「原來如此。我知道了。不過您回答得可真快。好像深怕被攔下路檢，早早就備妥答案。」

說著朝對方一笑，但風間的表情毫無變化。

「所以，是怎麼受傷的呢？能否說明得更詳細？」

「碰到鋁片碎屑，不小心割破了一點。沒什麼詳不詳細的，就只是這樣。」

「一點嗎？但您包紮得好像很大包。」

這個問題似乎出乎意料。風間沒有回話，罕見地朝他眨了一下眼。

「有些醫院就是喜歡包紮得這麼誇張。您知道是哪裡嗎？黑道專用的診所。為了向對方要更多醫藥費，他們會超乎必要地包紮。我想應該不至於，您沒去那種醫院吧？」

「是的。」風間的視線再次垂落腳下。「是我自己包紮的，所以只是有點笨拙。」

「我知道了。對了，您的鞋子很新呢。」

「今天剛換的新鞋。」

「這樣嗎？但是一般人會特地選擇這種下雨天穿新鞋嗎？」

「想必也有人會穿吧。」

「是，您說得對。比方說小偷就是。他們好像每過一兩週就換一雙鞋。您知道為什麼嗎？」

「不知道。」

「因為鞋子是情報的寶庫。只要查腳印就能鎖定鞋子的種類。甚至也能推測出身高、體重。若是已經穿舊的鞋子，連走路時的習慣動作都看得出來。——好了，可以請您脫下鞋子嗎？一隻一隻來。」

「為什麼？」

「您的視線。」

「啥？」

「您從剛才就很在意腳下。」

「鞋子藏了東西——你是這麼懷疑嗎？」

「坦白說，是的。」

「我能藏什麼？」

「通常是毒品。把袋子藏在鞋墊底下的案例其實屢見不鮮。」

「如果找到那什麼毒品之類的會怎樣？」

「我會逮捕您。因為光是持有就已犯罪了。」

「可是，如果是在不知情的狀況下被誰放進來的，那就不犯法了吧？」

「還是犯法。正如我剛才說的，持有就是犯法。」

「我知道了。那我要脫鞋，你的肩膀借我扶一下。」

「辦不到。」

「為什麼？」

「因為您的身上說不定藏了凶器。不過，我可以幫您撐傘。」

7

從敞開的門後往裡一瞧，穿運動服的宮坂正背對這邊。他在拿濕抹布擦玻璃窗。

明天就是畢業典禮，幾乎所有的學生，都已把自己的行李送去分發到的警署單身宿舍了。宮坂也不例外，室內已一片空曠。

清潔工作每天都做得很仔細。雖是為了搬出宿舍而做的集體大掃除，從窗口射入的夕陽中飄起的塵埃密度倒也沒那麼高。

他悄悄鑽進室內。

腳跟先靜靜踩到地上，慢慢把體重向前傾，屏息靠近宮坂的背後。

「哈囉？不好意思。」

隔著三十公分的距離出聲一喊，對方似乎果然嚇到了。宮坂猛然回頭時，眼睛瞪得比平時大了好幾分。

「之前那樣及格了吧？」

這句話是什麼意思，宮坂似乎立刻聽懂了。他以眼神贊同。

「那麼，」手心往宮坂面前一伸，「這次總可以還給我了吧？」

「等著。」

宮坂拉開桌子抽屜。從裡面取出橡皮擦，放在他的手心上。

做路檢時，有一個雖重要卻往往被忽略的重點。那就是觀察「對方看到警察出現時的第一個反應」。那個反應，對於判斷此人心中是否有鬼極有幫助。所以，知會對方之後才開始路檢算不上是高明的做法。

在捐血車上一再吃癟，就是因為他與宮坂視線相接後才準備開始路檢。

做的時候要以出其不意的方式單刀直入——那就是宮坂教給他的。醒悟這點，已是路檢競賽的前一天。他之所以能夠保持自己的步調直到最後，順利克服競賽的主因之一，或許就是因為留意到那點。

「宮坂，我很感謝你。收下吧。」

把橡皮擦放進運動服口袋後，空出來的手，抽出夾在腋下的冊子，朝宮坂扔去。印刷好的畢業文集相當厚，在宮坂的胸膛發出鈍響。

「那我走了，打擾了。」

走出房間時腦海浮現的，是自己寫的那篇文章結尾。

不肖學長的一句建言（接前文）

「路檢，有很多可以下工夫的餘地。要把下過的工夫當成只屬於自己的絕招活用在第一線。其中自有深奧的趣味。」——他縣某縣警前輩退休後寫的書中，記得有這樣的記述。

或許的確有趣。但是困難先於一切，這就是路檢。要在路檢競賽表現出色更是難上加難。事先做了各種預想一再練習，但正式上場還是會緊張，談不上真的把準備的成果都發揮出來。

但是，那樣就好。一再練習。之後，把蓄積的東西一下子啪地全部消去。這樣還能留下的才是真正的實力。人，只能靠那實力決勝負。至於勝負結果……當然是漂亮地拿到冠軍。

所以，本來打算寫點建議給學弟妹，幾乎都變成是在炫耀自己的戰果了。請見諒。

總而言之，在警察學校，隨時都有障礙擋在眼前。但是，只要肯下工夫與努力便可克服。我想說的，就是這個。

各位學弟妹，祝你們成功。

8

平日早上七點一到，操場就會洋溢學生們的叫喊聲，但今天麻雀的啁啾取代了那個。即便是號稱嚴格的警察學校，也不可能在畢業典禮的早上還逼學生跑步。

再過兩個小時，按照預定，會在禮堂領到畢業證書，再在體育館領到手槍實彈。完了之後應該會到操場，在銅管樂隊的演奏下接受本部長的校閱。

直到昨天還在下的雨令地面濕漉漉。觀眾席上如果有家人來，展現操練成果的步伐肯定會格外用力。典禮結束後的操場，八成會像被鋤頭翻過土似地出現明顯的凹凸起伏。

彷彿要把坑坑疤疤的操場推平，各警署派來接人的車輛陸續抵達——那種情景，只要閉上眼，似乎便清晰可見。

都築離開走廊的窗口。

來到值班室前，把印好的文集換到左手拿，敲響房門。「打擾了。」

值班室是四坪和室。風間站在窗口。就像自己剛剛做過的，他也正隔著玻璃窗面向窗外。

「什麼時候你才能學會？」

風間沒轉身便丟出的這句話，令都築一時之間不解其意。

「您是指什麼？」

「太彎了。」

他還是聽不懂風間在說什麼，正感困惑時，風間的臉終於轉向他。

「我是說你的敬禮方式。腰不可以彎太低。」

「對不起。」

是透過玻璃反射看到的嗎？都築醒悟，同時慌忙挺直腰桿。身體超乎必要地向後仰，或許是因為風間的表情前所未有地嚴肅。

「說得出警察禮式第五條嗎？」

「是。——敬禮，應秉持至誠之念進行，切不可粗略地流於形式，完畢。」

「第十四條呢？」

「一，室內敬禮時，須面對受禮者端正姿勢，注目後，身體上半部前傾約十五度，頭部端正地保持與上體同方向。二，在前項的場合，持帽子時，右手應捏著帽前簷，內部朝右腿垂直垂下，完畢。」

剛入學就一再被迫誦讀的條文，即便在半年後的現在仍鏤刻在腦中。他流利地回答後，白髮的風間緩緩頷首。

「把那種東西統統忘了。」

都築再次一頭霧水，只能窺視對方的眼睛。

「瑣碎的理論用不著記住。只要把自己的身體當成時鐘的指針即可。筆直站立時是六點。那麼六點五分的角度會是怎樣？」

「三十度……嗎？」

「是的。十五度只不過是那個的一半。五分的一半是多少？」

「二分三十秒。」

原來如此，那種程度就行了嗎？想到這裡，他微微一驚。

「心裡想著那個時刻，再做做看。」

他試著淺淺彎腰。

「記住那個角度。敬禮的好壞靠自己判斷時，你知道該用身體的哪個部分嗎？」

「是腰嗎？」

「是耳朵。真的做對時，剎那之間，一切聲音都會消失。就是這麼回事。你多練習幾次就知道。」

他按照風間剛才教的方法，回答「是」後，把寫有致詞稿的典禮致詞用紙與自來水毛筆交給風間。「那麼，可以麻煩您在這上面寫一句指導教官的贈言嗎？」

總代表的寶座——用來說服風間似乎已是充分的成果了。他的手上與辦公桌上都沒看到退學申請表。

「知道了。不過，可以讓我換張紙寫嗎？」

「要換一張紙……嗎？」

典禮致詞的用紙只準備了這一張。他困惑地反問，風間把視線對準他手上的文集。「那個。」

把你的那本帶來。將風間事前如此吩咐的文集遞過去後，都築收回典禮用紙。

風間對文集的封面裡紙以粗字麥克筆寫的「都築耀太」四字投以一瞥。

「動作果然很快。」

「畢竟這是我的志願工作。」

防止竊盜最基本的方法，就是在自己的財產上做記號。今後要負責防止犯罪的人，如果自己的東西被偷了那豈不是太丟人？

風間隨手翻閱一百頁左右的單薄文集，最後翻到差不多正好是中間的那一頁。
「不肖學長的一句建言……嗎？題目倒是挺謙虛的。」
「不敢當。」
「可是，內容極為傲慢。」
風間沒有用他給的自來水毛筆，逕自拿起自己插在胸前口袋的原子筆。很眼熟。是捐血送的加壓式原子筆。
「對了，這篇稿子的截稿日是什麼時候？我沒記錯的話應該是九月十日。」
「……您說得沒錯。」
「隔天十一日印刷廠應該就來拿稿子了。」
「是。」
「當然，你也是在那天之前交的吧？編纂委員自己總不可能遲交吧。」
「……是。」
「但你這裡記述著。」
「什麼？」
「九月十四日舉行的手槍檢定的結果。不，不僅如此。還有十八日的路檢競賽也是。而且你甚至寫出，你在這兩項活動都拿到第一名的成績。這是怎麼回事？」
他沒回答這個問題，靜待風間繼續說。
「換言之，這兩項活動，早在實際進行前你就已先寫好了文章。」

他點頭。教官果真明察秋毫——這種拍馬屁的話他就不說了。

這是我替自己設下的背水一戰——這種話說不定會被視為之前發生過的場面的拙劣跟風，所以他緘默不語。

反向利用嚴禁說謊的文集，如果沒有真的做到就會完蛋，把自己逼到了那樣的處境——面對風間，刻意補上這樣的解釋好像只會顯得自己多此一舉。

接著自己的耳朵捕捉到的，是小小的一聲嗤笑。

「算你還有點膽量。」

風間把手裡的原子筆前端，放在「不肖學長的一句建言」的結尾部分。結尾那一句——「各位學弟妹，祝你們成功」的右側，還有一點點空白。筆尖，在那裡行雲流水地劃過。

「比起典禮用紙，這個地方應該比較好吧？因為寫在這裡的文章內容，看來好像會跟著實現。

——你可以走了。」

把文集還給他後，風間又背過身去。

剛寫下的文字烙印眼中，都築朝指導教官的背影併攏鞋跟。

挺直腰桿成為時鐘的指針。

首先是六點整。

從那個姿勢傾斜上半身二分三十秒的角度，靜靜闔眼。

剎那之間所有的聲音都會消失。風間是這麼說的。但期待落空，自己的聽覺，還是捕捉到細微的空氣流動聲。

彷彿一陣清風吹過的聲音——。

是外面的氣壓有變化嗎？再不然，或許是剛才看到的「吾能弭罪矣」的筆跡帶來的幻聽吧。

尾聲

睽違多日後再次站上第三教場的講台時，首先聯想到的，是嗷嗷待哺的雛鳥。

今天剛入學的第一百期短期課程班四十名學生，一齊伸長脖子。這是頭一次打照面的指導教官。教官接下來要說的話，一個字也不能聽漏——有那種志氣是很好，但不管怎麼看都太用力了。

風間公親格外徐緩地開口。

「你們當中，有人憧憬當警察嗎？」

接下來預定要量身做制服。學生們現在線條還很纖細的身體穿的是自己的西裝。每一件顯然都上漿過度。

果然，四十人幾乎一齊舉手，使得教場響起一片硬邦邦的聲音。

「對於現在舉手的人，我強烈建議。寫一份這個。」

風間舉起一張紙，放眼環視面孔青澀的眾人，一邊感到自己的膝蓋微微顫抖。

看樣子，這個身體好像已習慣坐著了。送走第九十八期學生已有半年。從那時到今天為止的工作，主要是在準備接納這四十名學生，幾乎每天坐辦公桌。

「請問那是什麼表格？」

依然舉著手發問的，是最前排的學生。只見學生的脖子更往前伸，眼睛瞇起。距離雖不遠，但鉛字太小，似乎看不見表格的標題。

風間把手上的紙交給那個學生。

「坐著就行，你把標題大聲念出來給大家聽。」

接下表格的學生，剛要張口，但是，立刻啞然。

「怎麼了？不用客氣。大聲念出來。」

「上面寫著，退學申請……」

「沒錯。我要先聲明，我可不打算讓你們當警察。」

雛鳥們一邊鼓噪，一邊開始把伸長的脖子慢慢縮回去。

「因為這份工作有太多危險了。比方說在做路檢盤查時，突然遭到對方的攻擊。被拳打腳踢，拿皮包砸臉的例子很多。」

接下表格的學生乾咳。「恕我冒昧回嘴，我認為那對我不成問題。」

「噢？你為何敢這麼說？」

「可以讓我表演一下嗎？」

不等風間回話，學生已站起來。把退學申請表放回講桌後，往旁移動一步，來到桌子與桌子之間的走道。在那裡張開雙腳與肩同寬，雙手在胸前交叉。保持那個姿勢，靜靜吐氣，然後雙手慢慢垂下。

吐完氣時，身體猛然一扭，迅速向前伸出右手。

「我好歹是極真空手道的黑帶。」

學生解除上段正拳攻擊的架式後，身體對著眾人，兩手往旁邊張開。

這個要求掌聲鼓勵的動作，立刻引起四面八方的鼓噪聲與掌聲。學生像舞台上的演員一樣，做出一手撫胸的姿勢行禮後，歡呼聲更大了。

就在有人發出短促的口哨聲時，風間以眼神催促學生先回座。

「這倒是挺威風的。可惜對方不見得是赤手空拳。刀子、手槍、電擊棒。一旦走上街頭，將會面對各式各樣的武器。偶爾，甚至有鑽孔錐那樣的凶器迎面而來──」

說到這裡他暫時打住，視線向上。一手的食指，插進右眼的下眼皮。就這樣把視線回到下方時，可以感到義眼已取出。

「也可能會遭遇這樣的不幸。」

指尖拈著形似眼球的玻璃片，他輕輕舉高給大家看，黑帶小子已面無血色。其他的學生，也嚇得渾身僵硬動都不敢動。

「放心，就算沒碰上這種遭遇，你們的憧憬，只要在這裡再過一星期也會輕易被粉碎。也就是說，抱著那種東西，只會失望。與其將來失望，還不如一開始就放棄更明智。不是嗎？」

一邊把義眼塞回去差點忍不住苦笑。

本來是因為教場的氣氛有點浮躁，所以才想讓大家稍微收斂一點，結果好像有點過火了。與學生第一次面對面，或許太亢奮的是自己。

既然做都做了只能一笑置之，他繼續裝成面無表情。

「還有。在你們之前我帶過第九十八期的學生，搞得我片刻都無法放鬆心情。因為他們動不動就惹出麻煩。那次已經讓我受夠了。所以站在我個人的立場，學生當然是越少越好。」

似乎是把他這番話當成玩笑，有一半的雛鳥都笑了。

「對了，之前好像有幾個人沒舉手。比方說——你。」

風間把臉轉向窗邊最後一列。

坐在那裡的，是個眼皮浮腫的男學生。透過窗戶射入的四月微光，令剃成五厘的光頭發出暗光。

「如果沒有憧憬，那你對警察又是抱著什麼心態？」

那名學生毫不畏縮地與他對上眼。

「我很不滿。各方面。」

「……原來如此。」

這次，風間再也無法抑制繃緊的臉頰自動放鬆。

主要參考文獻

地域實務研究會《寫給地域警察官的初期搜查活動》（立花書房）
地域實務研究會《寫給地域警察官的現行犯逮捕手續書・緊急逮捕手續書之撰寫指南》（立花書房）
提升地域警察水準研究會《從事例中學習的可視性地域警察》（東京法令出版）
警察實務研究會《特寫實務／寫給地域警察官的輕微犯罪措置要領》（立花書房）
警察實務研究會《特寫實務1／路檢盤查》（立花書房）
黑木昭雄《警察腐敗／警視廳警察官的告發》（講談社）
久保博司《日本警察》（講談社）
久保博司《日本警察不肖的50種情狀》（寶島社）
犀川博正《警察官的現場／基層警察官之生存方式》（角川書店）
杉浦　生《警察署的內幕》（講談社）
夏原　武《最新黑道撈錢手法／黑社會工作者列傳Ⅱ》（Data House）

＊本作純屬虛擬，登場人物、團體、事件皆與現實無關。

初出
本書是刊載在《STORY BOX》vol.1、vol.4、vol.5、vol.8、vol.11、vol.14、vol.17、vol.18的〈初任〉出版單行本時全面改寫、改題之作。

結構殊異的警察小說，鋼鐵紀律下的日常與非日常

文／余小芳

在偵探大行其道的年代，警察屈居進行偵查、提供線索的助手之位，或者擔任虛晃兩招的扁平背景人物，甚至僅能扮演反襯偵探的無知丑角。一九四〇年代，警察以黑馬之姿躍入歐美推理史的舞台，偵探一角回歸至現實生活裡與案件有關的職業警察，標誌著推理文學中解決犯罪事件的起點產生決定性的分野，辦案動機亦從業餘性質的嗜好轉回工作職責。

歐美警察程序小說自一九六〇年代傳入日本，要角與精神被其所吸納和繼承，再轉化為具有當地風味的警察小說，題材與風格歷經流轉，迄今已逾半世紀，諸如：著重描繪罪案調查經過、重視庶民情感的溫潤書寫、結合旅情推理素材、懸疑氣氛包裹層層謎團、強調警察個人魅力、揭露警察內部組織的黑暗及人性掙扎等，而近來女性警察為主軸的小說亦廣受青睞。各家各派設定不一、主題多元，新一代的警察小說欲突破現有的脈絡和格局絕非易事。

二〇〇九年，本書作者在責編的詢問下苦苦思索，而當時橫山秀夫撰寫以警務部為對象的組織內部鬥爭著作已有出色表現，受其啟發，腦海中突然閃現以「警察學校」為小說主體背景的想法。毫無概念的作者輾轉打探內情，並從零星書籍中擷取、拼湊和警察學校相關的記述，取材過程極為艱困。然而長岡弘樹構想嶄新，靈機一動的嘗試和特殊的寫作技巧大獲成功，乃至於開拓

警察小說的全新疆界。

「教場」即為學校教室之意，本書內文描述警察學校第九十八期短期課程的學生受訓過程，其目的在於把個人的價值觀導向注重縱向組織勝過橫向夥伴，經由嚴苛的鍛鍊建立身為警官的自覺，並如同篩子般將欠缺警察資質的學生剔除。校內充滿紀律和各種訓練，如路檢盤查實習、偵訊模擬、水中及陸上救難訓練、犯罪搜查實習、發現無外傷屍體的因應措施、逮捕術、警備勤務與警備實施訓練、手槍檢定等，過程寫實，著實令人耳目一新。

各篇中側重描寫不同學生的特質和發展，難以預料劇情發展，淘汰者經常冷不防地出現。取代生病教官而站上教場舞台、冷漠寡言且貌似無懈可擊的風間公親，名字原文發音予人性急之感，然而他的行動卻顯示他是鋼鐵紀律下的溫暖守護者，運用奇招護衛學生，並眼光銳利、不著痕跡地挖掘事件背後的真相。

以短篇連作的形式串接成書，留下驚愕結尾，並於新篇章中揭開疑惑，而前一事件伴隨輿論流轉，旁人看來彷彿真偽莫辨；除了主要的惡劣情事外，一些看似無關緊要的個人尋常舉動或細節毫無關連，實際上卻具備惡意和隱情，翻轉之時簡直恍然大悟，反而因揭發謎底才理解前頭暗藏玄機。一般推理小說的型態是先有謎團而後解決，本書內各篇也有這類日常和人性的小謎團，不過作者寫作模式獨樹一格，書寫架構與組合相當特殊，殊異的背景和文化隱身在蘊藏力量的平穩文字中，劇情水到渠成、魅力十足，逆轉猶如神來一筆，值得細讀。

（撰文者為暨南大學推理同好會顧問）

藍小說 213

教場

作者—長岡弘樹
譯者—劉子倩
主編—嘉世強
編輯—邱淑鈴
美術設計—陳威伸
責任企劃—張燕宜
校對—邱淑鈴、劉子倩、陳錦生

董事長—趙政岷
出版者—時報文化出版企業股份有限公司
108019台北市和平西路三段二四〇號四樓
發行專線—（〇二）二三〇六—六八四二
讀者服務專線—〇八〇〇—二三一—七〇五
（〇二）二三〇四—七一〇三
讀者服務傳真—（〇二）二三〇四—六八五八
郵撥—一九三四四七二四時報文化出版公司
信箱—10899臺北華江橋郵局第九九信箱
時報悅讀網—http://www.readingtimes.com.tw
電子郵件信箱—liter@readingtimes.com.tw
法律顧問—理律法律事務所 陳長文律師、李念祖律師
印刷—勁達印刷有限公司
初版一刷—二〇一四年十二月十九日
初版二刷—二〇二一年六月十一日
定價—新台幣三〇〇元
（缺頁或破損的書，請寄回更換）

時報文化出版公司成立於一九七五年，
並於一九九九年股票上櫃公開發行，於二〇〇八年脫離中時集團非屬旺中，
以「尊重智慧與創意的文化事業」為信念。

教場 / 長岡弘樹著；劉子倩譯. -- 初版. -- 臺北市：時報文化, 2014.12
面；　公分. --（藍小說；213）
ISBN 978-957-13-6139-0（平裝）

861.57　　103023688

ISBN 978-957-13-6139-0
Printed in Taiwan